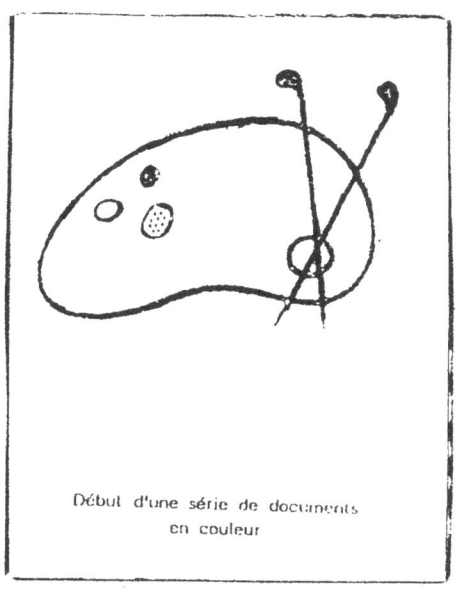

Début d'une série de documents
en couleur

COUVERTURES SUPERIEURE ET INFERIEURE D'IMPRIMEUR

528

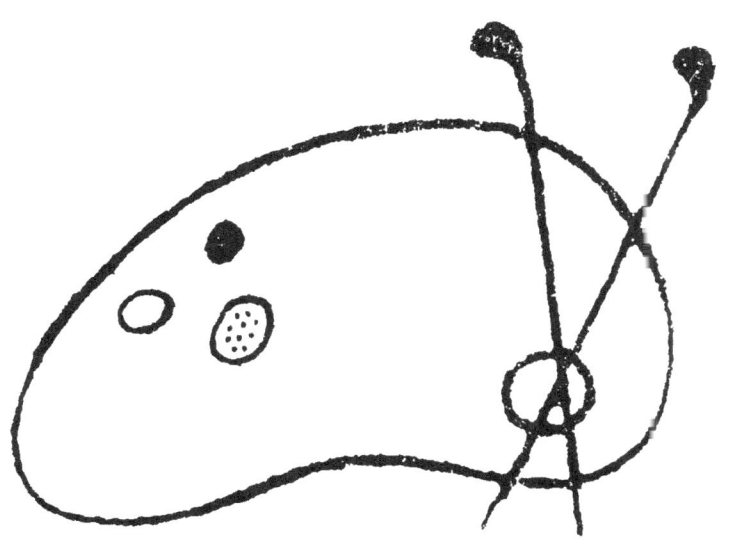

Fin d'une série de documents
en couleur

HISTOIRE

DE

GERVAIS LE BOITEUX

1re SÉRIE IN-12

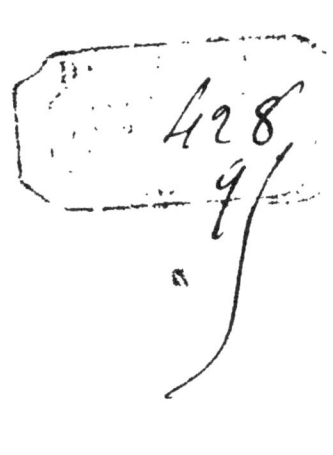

— C'est donc là, pensais-je, la récompense de mes fidèles services
(page 134)

MISS MARIA EDGEWORTH

HISTOIRE

DE

GERVAIS LE BOITEUX

IMITÉ DE L'ANGLAIS

PAR

D. PRADIER

Douze gravures

LIMOGES

EUGÈNE ARDANT ET Cie

ÉDITEURS

Il venait droit à moi; mais je me mis à fuir (page 10)

HISTOIRE

DE

GERVAIS LE BOITEUX

CHAPITRE PREMIER

LE FANTOME

Il y a bien des années, végétait dans une
mine d'étain du Cornouailles, un garçon
du nom de William Gervais, ou comme on

l'appelait, à cause de son infirmité, *Gervais le Boiteux.*

Ses fonctions consistaient à garder les chevaux. Un soir, on l'avait laissé dans une petite hutte située à l'extrémité de la mine et où il avait l'habitude de passer la nuit, mais le matin on ne le retrouva plus.

Cette disparition soudaine donna naissance, parmi les mineurs, à bon nombre d'étranges et ridicules histoires. La plus rationnelle, cependant, prétendait que ce garçon, ennuyé de sa position, s'était enfui pendant la nuit. Mais il était bien surprenant qu'il n'eût laissé aucune trace.

Pendant longtemps ses voisins bavardèrent et discutèrent à l'envi sur cet événement; puis, ils finirent peu à peu par l'oublier.

Le nom de William Gervais vivait à peine dans le souvenir de deux ou trois des plus vieux mineurs, quand, vingt ans après, une compagnie de dames et de messieurs vint visiter la mine.

Après que le guide leur eut montré toutes les curiosités de l'endroit, un gentleman de la compagnie aperçut quelques lettres gravées sur le roc et demande quel était le nom que l'on y lisait.

— Ce n'est que le nom de William Gervais, un pauvre diable qui a abandonné la mine, il y a longtemps.

— Etes-vous sûr de ce que vous dites? dit le gentleman.

— Certainement! reprit le guide, j'en suis sûr et certain.

— On ne peut pas être sûr d'une pareille chose, dit un vieux mineur interrompant le guide.

Et il se mit à raconter tout ce qu'il savait, tout ce qu'il pensait, tout ce qu'il avait entendu dire sur la soudaine disparition de Gervais.

En finissant, il assura positivement à l'étranger qu'il avait vu souvent le fantôme du dit Gervais se promener seul dans la longue galerie occidentale de la mine, portant un flambeau à la main.

— Je jurerais sur la Bible, ajouta l'homme, qu'auprès de la montagne où il demeurait, j'ai vu son ombre, juste au moment où l'horloge sonnait minuit, se promener seule un flambeau à la main, et dans l'autre une chaîne qu'il traînait cerrière lui. Il venait droit à moi, mais je me mis à fuir vers les écuries; et, depuis ce temps, je me suis bien gardé de jamais m'égarer la nuit dans cette galerie ni auprès. Jamais de ma vie je n'eus si grand peur ni sur la terre ni au-dessous.

A cette histoire, l'étranger répondit par un grand éclat de rire.

Revenu à lui, il dit à cet homme de le regarder fixement en face, et de lui dire s'il ne lui trouvait pas quelque ressemblance avec le fantôme qu'il avait vu se promener avec un flambeau dans la galerie occidentale.

Le mineur le fixa quelque temps, puis il dit :

— Non, celui qui se promène dans la galerie est un tout autre homme. Il porte un habit blanc, un tablier de cuir, un bonnet déchiré, comme Gervais pendant sa vie. De plus, il boîte en marchant, comme *Gervais le Boiteux*, je me le rappelle fort bien.

Le gentleman fit quelques pas, et les mineurs remarquèrent, — ce à quoi ils n'avaient pas fait attention, — qu'il boitait quelque peu.

En sortant de la mine, le guide qui avait examiné fort attentivement l'étranger, lui dit :

— Si je n'avais peur d'offenser votre seigneurie, j'oserais dire que vous êtes, quoique un peu brun, la même personne que notre Gervais le boiteux.

— Pas tout à fait, dit le vieux mineur, il ne lui ressemble pas plus que Jack Black à John Blue.

Les assistants, à cette comparaison, se mirent à rire, et le guide, dont on se moquait, soutenait qu'aucun homme sensé du Cornouailles ne devait ainsi rire de lui. Chaque parti soutenant son sentiment avec violence, on allait en venir aux coups, quand l'étranger arrêta la dispute en déclarant qu'il était le même homme.

— Gervais! s'écrièrent-ils tous ensemble, Gervais vivant! notre Gervais le Boiteux devenu gentleman!

Les mineurs pouvaient à peine en croire leurs yeux et leurs oreilles. Ce fut bien pis, lorsque, l'accompagnant hors de la mine, ils le virent entrer dans un beau carrosse et se diriger vers la demeure d'un des principaux gentlemen du voisinage, qui était en même temps le maître de la mine.

Le lendemain, les principaux mineurs furent invités à dîner.

Des tentes avaient été dressées dans un champ voisin de la demeure du propriétaire.

On était à l'époque de la moisson; il faisait un temps superbe.

Les invités se rendirent au lieu du rendez-vous et trouvèrent sous les tentes abondance de mets exquis préparés pour eux.

Après le dîner parut M. R** le maître de la maison, accompagné de Gervais le Boiteux vêtu de ses vieux habits et de son bonnet de mineur.

Le mineur qui avait vu le fantôme n'eut pas de peine à reconnaître que le personnage qu'il avait sous les yeux, lui ressemblait parfaitement. Et M. R** remplit un verre et s'écria :

— Bon accueil parmi nous à notre ami M. Gervais, et puisse toujours une grande fortune récompenser la fidélité !

Le toast fit le tour de la table et tout le monde répétait :

— Bon accueil parmi nous à notre ami

M. Gervais, et puisse toujours une grande fortune récompenser la fidélité!

Cependant ce que l'on entendait par grande fortune et fidélité, personne ne le comprenait, et plusieurs à voix basse, — quelques uns tout haut, — osèrent demander l'explication du toast.

M. Gervais, sur lequel les yeux étaient fixés, remercia la société de la santé qu'on lui avait portée; et, pour répondre complaisamment à la demande de M. R** et aux désirs exprimés par les mineurs, il leur raconta son histoire à peu près dans les termes suivants :

————◆❋◆————

C'est là, qu'avec les enfants de mon âge, je ramassai le minerai (page 16)

CHAPITRE II

LES DÉBUTS D'UN MINEUR

Où je suis né? qui étaient mes parents? je ne le sais pas; je ne me rappelle pas qui m'a nourri ou même si j'ai été nourri. Heureusement, ceci n'est pas d'une grande importance pour le monde.

La première chose dont je me souviens parfaitement, c'est le lieu où nous sommes.

15

C'est là, qu'avec des enfants de mon âge, je ramassais le minerai et le débarrassais de la terre avec laquelle il est mêlé.

Nous l'appelions alors *shoad* ou *squad*; je ne sais comment on l'appelle aujourd'hui.

— Nous l'appelons encore aujourd'hui *squad*, Maître, interrompit un des mineurs.

— Je suppose qu'à cette époque je fusse âgé d'environ cinq ou six ans, continua le gentleman. Depuis cet âge, jusqu'à treize ans, je travaillai dans la mine où nous étions hier.

Du fond de mon cœur, je me réjouis que ces travaux se soient adoucis pour les enfants qui y sont occupés, car j'y ai bien souffert.

Mon bon maître, ici présent, n'en a jamais rien vu, mais j'en ai été cruellement éprouvé.

D'abord, la vieille femme qui nous donnait la tâche de ramasser et de trier le *squad*, Belly Morgan, — je crois que c'est son nom, — était d'une humeur acariâtre que ne faisaient qu'augmenter ses rhumatismes. Elle n'a jamais ramassé elle-même une once de minerai.

Elle nous faisait travailler pour elle; et,

comme j'étais le plus jeune, elle m'accablait de travail.

Souvent, bien souvent, le salaire de mes journées m'était rabattu parce que je n'avais pas fait le travail de cette femme. Je n'osais dire la vérité à mon maître, de peur d'être battu.

Mais Dieu ait l'âme de la pauvre vieille! Elle fut un ange de lumière en comparaison du gardien de la *porte-trappe*, qui devint mon second tyran.

Nous étions chargés d'ouvrir et de fermer certaines portes, placées dans la mine pour donner de l'air aux galeries. Mais mon jeune tyran les laissait toutes à ma charge.

Je ne faisais que courir çà et là jusqu'à en perdre la respiration, ce qui n'empêchait pas chaque mineur de jurer à son tour que j'étais le plus paresseux petit drôle qui existât sur la surface de la terre, quoique la surface de la terre fût, hélas! un lieu, où, à ma connaissance, je n'avais jamais mis les pieds.

Pour me défendre, je faisais toutes les excuses possibles; je passais des excuses au mensonge, car l'injustice et la tyrannie

ne produisent jamais qu'astuce et fourberie. Un jour, j'avais ouvert toutes les
portes de mon côté; mais j'en avais laissé
trois fermées du côté de mon compagnon.

Je pensais que les hommes n'iraient pas
travailler de ce côté pendant deux ou trois
jours : je me trompais. Vers midi, je fus
effrayé en voyant rapporter un homme
asphyxié, faute d'air dans les galeries.

Les gardiens des portes furent mandés
devant le surveillant, ou, comme vous l'ap-
pelez, l'inspecteur. J'étais le plus jeune, et
le blâme retomba sur moi.

L'homme, qui n'était qu'évanoui, revint à
lui; mais, pour la faute d'un autre, je fus
battu, et battu d'importance, jusqu'à ce que
l'inspecteur fût fatigué.

J'eus ensuite à mener une vie bien pénible, avec mon ami le garde-porte, devenu
furieux de ce que j'avais osé révéler la
vérité.

Dans la suite, comme j'étais plus grand
et plus fort, je fus employé à d'autres
travaux. Je fus d'abord mis à la civière.

Alors, une pioche dans une main et un
poinçon dans l'autre, je me croyais réellement un grand homme. Mais il était dans

ma destinée de me trouver toujours avec
le plus paresseux de la mine.

Je remarquai que ces hommes, — qui travaillaient à la tâche et qui avaient le bonheur
de rencontrer les endroits les plus faciles du
roc, — ne travaillaient par jour que trois ou
quatre heures. Ils avaient de forts gages
pour peu de travail. Ils dépensaient leur
argent joyeusement sur terre, dans les
tavernes, comme je l'entendais dire; mais
je ne savais pas que ces joyeux compagnons laissaient souvent dans la misère
femme et enfants pour se livrer à la dé-
bauche.

Je soupirais après le temps où je serais
homme, pour faire ce que je voyais faire
aux autres. J'attendais impatiemment les
jours où je pourrais boire et ne rien faire :
c'est alors que je commençai à m'étudier
pour tromper l'inspecteur.

J'allais avoir quatorze ans; j'avais grandi
avec ces idées et ces habitudes. J'aurais
passé ma vie dans la misère et fini mes
jours dans une maison de travail; mais il
m'arriva heureusement un accident qui
apporta un grand changement dans mon
esprit aussi bien que dans mon corps.

Un de mes compagnons m'avait donné de l'eau-de-vie, pour m'engager à descendre chercher dans un trou de la mine son poinçon qu'il y avait laissé tomber étant à demi-ivre. Ma tête ne put supporter la force de la liqueur qu'il me fit avaler pour me donner du courage. Insensible au danger, je sautai dans le précipice que j'aurais eu peur de regarder si je n'eusse pas perdu la raison.

Je repris bientôt mes sens. Je m'étais cassé la jambe, et il était bien surprenant que je ne me fusse pas rompu le cou en tombant. On m'avait retiré, au moyen de câbles et transporté dans une hutte de la mine, près des étables, où je me trouvai couché en proie à une vive souffrance.

Mon maître se trouvait dans la mine au moment de mon accident. En apprenant l'état où je m'étais mis, il eut la bonté de venir aussitôt vers moi et de me dire qu'il avait envoyé chercher un chirurgien.

Le chirurgien du voisinage n'était pas chez lui. Mais, il y avait alors, en visite chez mon maître, un M. Y**, vieux gentleman et ancien chirurgien. Quoique depuis longues années il eût abandonné la pratique

de son art, il n'apprit pas plus tôt mon accident qu'il eût aussi la complaisance de
venir à la mine pour me remettre la jambe.

L'opération terminée, mon maître me
dit que je ne manquerais de rien. Jamais je
n'oublierai l'humanité avec laquelle il me
traita. Je ne me souviens pas qu'il m'eût
adressé la parole auparavant. Mais alors,
sa voix et son air étaient si remplis de
compassion que je le regardai comme un
être supérieur.

Cette bonté réveilla en moi une profonde
gratitude, cette première sensation d'un
cœur bien né que je n'avais pas perdue
entièrement.

Je fus traité avec le plus grand soin, pendant ma maladie, par mon bienveillant
chirurgien M. Y**.

La circonstance de mon ivresse, — quand
je pris mon élan — avait été tenue secrète
par l'homme qui m'avait donné l'eau-de-vie.
Il déclara que j'étais tombé par accident,
comme je regardais au fond du trou un
poinçon qu'il avait laissé tomber. Je ne
voulus pas me rendre complice de cette
fourberie; et, pendant que mon maître me
parlait avec tant de bonté sur ma mésaven-

ture, mon cœur s'ouvrit à lui. Je lui racontai comment la chose m'était arrivée.

M. Y** avait aussi entendu ma confession, et je n'eus pas lieu de m'en repentir. Il en conçut, — comme il le dit lui-même, — l'espérance de me ramener au bien. C'est pourquoi il entreprit de travailler à mon instruction.

Il me fit observer que c'était grande pitié qu'un garçon de mon âge s'habituât à la boisson. Il me fit voir les suites de l'intempérance, choses dont je n'avais jamais entendu parler et auxquelles je n'avais jamais pensé.

Pendant que j'étais ainsi couché sur mon lit de souffrance, j'eus le loisir de faire bien des réflexions.

Parmi les mineurs, les mauvaises têtes et les ivrognes, dont j'avais jusqu'alors recherché la société, ne vinrent jamais me voir. Pendant toute ma maladie, je ne reçus que la visite des plus honnêtes : ils vinrent souvent, et je me pris à les aimer et désirer de les imiter.

Comme ils s'entretenaient dans ma hutte de leurs propres affaires, j'appris l'emploi qu'ils faisaient de leur temps et de leur

argent. Je commençai à souhaiter d'avoir
comme eux un petit jardin et une petite
propriété; et je reconnus que pour cela il
fallait travailler.

Aussi je me levai de mon lit avec des
inclinations bien différentes de celles que
j'y avais portées.

Depuis ce temps, je suivis la compagnie
des gens sobres et travailleurs, autant que
je pus le faire.

Auparavant, je préférais mes intérêts à
ceux de mon maître; mais ma reconnaissance pour lui, — qui m'avait secouru dans
mon abandon, — me changea entièrement,
si bien que je pris ses intérêts en toute
occasion, et que je ne pus jamais souffrir
qu'il lui fût fait tort, tant la reconnaissance
m'avait rendu honnête !

Son chapeau était rabattu sur ses yeux et il tenait une lanterne (page 32)

CHAPITRE III

LA PROBITÉ RÉCOMPENSÉE

Mon maître ne permit pas que l'inspecteur me donnât mon congé parce qu'étant boiteux et faible je ne pouvais faire beaucoup d'ouvrage.

— Qu'il prenne soin de mes chevaux, disait-il, il peut encore faire quelque chose. J'aurai toujours de l'argent pour le pauvre

Gervais le Boiteux. Aussi longtemps qu'il voudra travailler, on ne l'enverra pas mourir de faim.

C'étaient ses propres paroles. Quand je les entendis, je dis dans mon cœur :

— Que Dieu le bénisse !

Aussi, dans ce moment, je me serais battu, je crois, contre l'homme le plus redoutable de la mine, s'il eût dit une parole à son détriment.

Mon attachement pour lui était d'autant plus fort, qu'il était, — je puis le dire, — la première personne du monde qui m'eût témoigné quelque intérêt et la seule dont je fusse sûr d'être traité avec justice.

Vers le même temps, comme j'étais occupé dans les écuries, je vis par une fenêtre plusieurs mineurs qui travaillaient à peu de distance de moi. Parmi eux étaient quelques-uns de mes anciens camarades. Aucun d'eux ne pouvait me voir.

Soudain l'un d'eux poussa un cri. Je me tenais toujours tranquille. Ils jetèrent leurs outils et accoururent en désordre. Je vis, à l'animation de leurs regards, qu'ils croyaient avoir fait une précieuse découverte. Je vis ensuite qu'au lieu de recom-

mencer à travailler, ils couvraient l'endroit
avec leurs pelles et défiguraient le terrain
avec leurs pioches afin qu'on ne pût reconnaître qu'il y eût là quelque veine.

Je les vis ensuite cacher des matières
qu'ils pensaient, avec raison, être des diamants de Cornouailles. Ils cachèrent aussi
les morceaux de *kellus* qu'ils avaient arra-
chés avec leurs pioches, de peur que l'inspecteur ne les vît et ne soupçonnat la vérité.

De tout cela, — par les chuchotements qui
allaient bon train, et la peine qu'ils se donnaient pour tromper le surveillant et l'éloigner de là, — je compris qu'ils voulaient
tenir leur découverte secrète, et la faire
servir à leur profit.

Il y avait un passage qui conduisait hors
de la mine et qu'ils croyaient connaître
seuls. C'est par là qu'ils se proposaient de
faire sortir ce qu'ils avaient trouvé. Ce
passage, je le ferai observer, passait par
une vieille galerie, le long de la montagne.
Ainsi l'on peut, par ce chemin, entrer dans
la mine et en sortir, sans passer par la
trappe qui sert d'entrée et de sortie à la
multitude et aux minerais.

Je m'assurai de tout cela en cherchant ce passage. Je le trouvai rempli de leurs richesses dérobées. Mais je rencontrai un homme de leur parti, nommé Clarke. Je le pris à part et je me hasardai à lui faire des reproches. Clarke me traita d'espion, me terrassa, et courut dire à ses associés ce que je lui avais dit et comment il m'avait traité.

Tous jurèrent, unanimement, qu'ils se vengeraient de moi, si je faisais naître chez mon maître le moindre soupçon de ce que j'avais vu.

Depuis ce temps, ils me surveillèrent toutes les fois qu'il venait parmi nous pour que je n'eusse pas l'occasion de lui parler. Je ne pouvais même plus sortir de la mine.

Sous le prétexte de soigner les chevaux, — que personne ne gardait aussi bien que moi, — ils me constituèrent prisonnier nuit et jour. De plus, ils me dirent tout simplement que si je me plaignais d'avoir été ainsi enfermé, je ne vivrais pas longtemps.

S'ils avaient la volonté d'exécuter leurs menaces? je ne sais. Peut-être avaient-ils eu le dessein de m'intimider et de conserver ainsi leur secret!

J'avoue que je fus alarmé. Je voulais montrer à mon bon maître combien j'étais dévoué à ses intérêts. Cette pensée était plus forte que mes terreurs.

Ma tête s'échauffait à cette idée, que moi, pauvre garçon insignifiant, qui étais un objet de risée pour les mineurs, moi que l'on nommait *Gervais le Boiteux*, moi que l'on croyait anéanti et accablé par les menaces, je pourrais faire une action plus noble qu'aucun de ces hommes n'aurait eu le courage de faire à ma place.

A cet instant, la bonté de mon maître et les paroles qu'il avait dites pour moi à l'inspecteur me revenaient à la mémoire, et, m'excitaient tellement que je prenais la résolution de mépriser les dangers que je pourrais courir de me montrer, — mort ou vivant, — fidèle à mon bienfaiteur.

J'attendais donc avec impatience l'occasion de lui parler. Mon cœur battait avec violence en entendant le son de sa voix, et je me disais comme en lui parlant :

« Vous ne savez guère qu'il y a ici quelqu'un que vous avez peut-être oublié, mais qui est disposé à faire le sacrifice de sa vie pour vous rendre service. »

Un jour, qu'il était venu près de l'endroit où je me trouvais occupé à étriller un cheval, il vit que j'avais les yeux fixés sur lui. Il vint droit à moi et me dit :

— Je suis bien aise de vous voir guéri, Gervais ; avez-vous besoin de quelque chose ?

— Je n'ai besoin de rien, je vous remercie, Monsieur, mais.....

Comme je disais *mais*, je jetai les yeux autour de moi pour voir si quelqu'un était près de nous.

A ce moment, Clarke, — un de la bande, — me regardait fixement. Il m'appela et m'envoya en commission d'un autre côté de la mine.

En m'en revenant, j'eus le bonheur de rencontrer mon bon maître lui-même dans les galeries. Je lui fis part de mon secret et de mes craintes. Il me fit un signe de tête en me disant :

— Je vous remercie, ayez confiance en moi ; mais hâtez-vous de revenir vers ceux qui vous ont envoyé.

Je le fis, mais je reconnus qu'il y avait, dans mes manières et ma démarche, quelque chose d'inusité qui donna l'alarme. A la chute du jour, je vis Clarke et la bande chuchoter ensemble, et je remarquai qu'ils n'allèrent pas vers leur trésor de toute la journée. J'avais grand'peur qu'ils ne me soupçonnassent et qu'ils ne voulussent tirer de moi une vengeance éclatante.

Mes terreurs s'accrurent encore, quand, la nuit, je me retrouvai seul dans ma hutte. Je me tenais tranquille; je ne pouvais dormir : je prêtai l'oreille au moindre bruit.

Plusieurs fois, je tressaillis en entendant quelque bruit; mais ce n'étaient que les chevaux qui se remuaient dans l'écurie voisine de ma hutte. Je me recouchai, riant de ma peur, et je tâchai de dormir, réfléchissant que jamais, dans ma vie, je n'avais eu occasion de bien dormir. N'avais-je pas une bonne conscience ?

Je ne tardai pas à tomber dans un profond sommeil. J'en fus tiré par un bruit qui se fit à la porte de ma hutte !

« Ce sont encore les chevaux, » pensai-je.

Mais en ouvrant les yeux, je vis une lumière sous la porte. Je me frottai les yeux, espérant que c'était un rêve. J'attachai les yeux sur la porte et je vis la lumière par le trou de la serrure.

Le loquet se souleva, la porte s'entr'ouvrit et je vis sur le mur l'ombre gigantesque d'un homme armé d'un pistolet. Mon cœur défaillit au-dedans de moi. Je me crus perdu. L'homme entra ; il était affublé d'un habit grossier ; son chapeau était rabattu sur ses yeux et il tenait une lanterne.

Qu'il fût de la bande, je ne pouvais le reconnaître, mais je fus persuadé que quelqu'un d'entre eux venait pour me tuer. La peur m'abandonna ; je me levai sur mon lit et m'écriai :

— Je suis prêt à mourir ; je meurs pour une belle cause l Donnez-moi cinq minutes pour prier.

Et je tombai à genoux. L'homme se tenait debout, silencieux auprès de mon lit, une main appuyée sur moi, comme s'il ne me croyait pas assez effrayé, comme s'il avait eu peur que je pusse lui échapper.

Quand j'eus fini ma courte prière, je regardai mon meurtrier et j'attendis le coup fatal. Mais quelles furent ma surprise et ma joie quand il éleva sa lanterne à la hauteur de son visage et que je reconnus mon bon maître qui me regardait en souriant et m'encourageait avec bonté ?. .

— Eveillez-vous, Gervais, me dit-il, sachez reconnaître vos amis et vos ennemis ; habillez-vous le plus promptement possible, et conduisez-moi à cette nouvelle veine.

Je m'habillai ; je pris le chemin de la veine. Elle était couverte de décombres. Comme j'aurais mis longtemps à déblayer et à mettre tout à découvert, mon maître m'aida dans cette opération. Il était impatient, disait-il, de me faire sortir de la mine, sain et sauf, car il croyait bien que mes appréhensions n'étaient pas sans fondement.

La lumière de notre lanterne nous éclairait à peine. Enfin, nous arrivâmes à la veine, et mon maître en vit assez pour connaître que j'avais dit vrai.

Nous recouvrîmes l'endroit comme auparavant. Il en remarqua la position et s'assura qu'il pourrait la reconnaître. Alors, je lui montrai le passage secret ; mais il le connaissait déjà, car c'est par là qu'il descendait la nuit dans la mine.

En passant, je remarquai certains morceaux de métal faciles à emporter.

— C'est assez, Gervais, me dit-il, en me

frappant sur l'épaule, vous m'avez donné assez de preuves de votre fidélité. Vous vous étiez exposé à mourir pour une bonne cause, et cette cause est la mienne. Je dois donc prendre soin de votre vie. Suivez-moi promptement hors d'ici. Je ne vous abandonnerai pas, honnête garçon.

Je l'accompagnai, le pas alerte et le cœur joyeux. Il me reçut chez lui, dans sa propre maison, où, disait-il, je pourrais passer la nuit sans crainte des meurtriers.

Puis, me montrant un petit cabinet près de sa chambre, il me souhaita une bonne nuit et me recommanda, si je m'éveillais de bonne heure, de ne pas ouvrir les volets et de ne pas me mettre à la fenêtre de peur d'être reconnu par quelqu'un.

Pour la première fois de ma vie, je couchai sur un lit de plumes. Mais, soit que je ne fusse pas accoutumé à un lit si moelleux, soit à cause du désordre d'esprit dans lequel je me trouvais, ou du changement inattendu de ma position, je ne pus fermer l'œil de la nuit.

Avant le point du jour, mon maître entra dans ma chambre, me dit de me lever, de revêtir les habits qu'il avait apportés et de

le suivre sans faire de bruit. Je le suivis
hors de la maison; personne n'était encore
éveillé. Il me conduisit à travers champs
jusqu'à la grand'route. Là, nous restâmes
jusqu'à ce que nous entendîmes le tintement des grelots d'un attelage.

— Voici le convoi dans lequel vous allez
monter, me dit-il. J'ai pris toutes les pré-
cautions possibles pour dérober vos traces
aux mineurs Vous serez en sûreté à Exeter, chez mon ami, M. Y** à qui je vous
envoie. Prenez ceci, continua-t-il en me
donnant une lettre adressée à M. Y**, et,
voilà cinq guinées pour vous. Je prierai
M. Y** de vous payer dix guinées par an,
pris sur les profits de la nouvelle veine.
Cette précaution vous mettra à l'abri du
besoin. Allons, adieu, Gervais! J'appren-
drai avec plaisir de vos nouvelles, et j'espère que vous servirez votre nouveau maître aussi fidèlement que vous m'avez servi.

— Je ne trouverai jamais un si bon maître, fut tout ce que l'émotion me permit de
dire.

J'étais abattu par le chagrin de le quitter, à ce que je croyais, pour toujours.

Je marchai à côté du postillon, me réjouissant de respirer
l'air frais (page 39)

CHAPITRE IV

LE PREMIER VOYAGE

Les brouillards du matin se dissipèrent.
Je pus voir quelque temps mon maître et
je conservai les yeux fixés sur lui, pendant
que le coche m'emportait lentement. Je le
vis s'éloigner à travers champs. Mais
lorsque je l'eus perdu de vue, mes pensées
prirent forcément un autre cours. Il me

sembla que je m'éveillais dans un autre monde et à de nouvelles sensations.

Enfermé sous terre, dans la mine, depuis mon enfance, la face de la nature m'était totalement inconnue.

— Nous avons une belle journée, dit le postillon, en me montrant du bout de son fouet le soleil levant.

Puis, il se mit à siffler ; et moi, pour qui le soleil levant était un spectacle nouveau et surprenant, je tombai dans la stupeur. Je ne sais ce que je dis, mais je me souviens que le postillon fit un long éclat de rire.

— Oh! le plaisant garçon! disait-il en se tenant les côtes, qu'il est curieux à voir et à entendre! personne ne croira qu'il n'a jamais vu lever le soleil!

A ces mots, — qui étaient plus près de la vérité qu'il ne croyait, — je me souvins que nous étions encore dans le Cornouailles et que j'étais exposé à la vue de mes ennemis. Je m'enfonçai dans le coche, de peur que quelque mineur, se rendant à son travail, ne m'aperçût.

Je m'applaudis d'avoir pris cette précaution, car, quelques pas plus loin, nous rencontrâmes plusieurs mineurs.

Du coin où j'étais juché, derrière les paquets, je reconnus la voix de Clarke qui demanda au postillon l'heure qu'il était. Je me tins tranquille jusqu'à ce qu'il nous eût perdus de vue et même beaucoup plus loin.

J'étais satisfait de m'être enfoncé dans le coche, au lieu de me tenir sur le devant, et je m'amusai à entendre le tintement continuel des grelots des chevaux.

Le second jour de notre voyage, je me hasardai à descendre de ma place et je marchai à côté du postillon, me réjouissant de respirer l'air frais, d'entendre le chant des oiseaux, aspirant avec délices l'odeur du miel, et cueillant les roses sauvages dans les haies.

Toutes les fleurs, toutes les plantes qui bordaient la route étaient pour moi des objets de surprise et d'admiration. A chaque pas, je m'arrêtais pour regarder ce que je rencontrais. Je ne pouvais concevoir l'indifférence de mon compagnon qui ne cessait de siffler que pour crier :

— *Dia, le Merle! ho! hue!* ou : *comment donc la Rousse!...* et d'autres mots de menace ou d'encouragement à ses chevaux, dans une langue qui pouvait être intelligible pour eux, mais qui ne l'était certainement pas pour moi.

Une fois, comme j'étais en admiration devant une plante dont la tige avait deux pieds de haut, ronde, brillante, d'un rouge pâle, et que je trouvais belle fleur, le postillon, avec un regard de mépris, me cria :

— Courage, mon garçon, ne connais-tu pas le chardon, pourtant si commun ? N'as-tu pas vu qu'il te piquerait ! continua-t-il en riant au moment où je touchai les feuilles piquantes. « Allons, mon cheval *Dobbin* a plus d'esprit que toi ; il ne court pas comme un âne après les chardons. »

De ce moment, le postillon parut me regarder comme un niais ou un imbécile. Quand nous entrâmes à Plymouth, il me toisa de la tête aux pieds en murmurant :

— Ce garçon a sûrement perdu la tête !

En effet, je devais faire une drôle de figure avec mon chapeau rempli d'herbes et de fleurs sauvages. Les poches de mon habit et de mon gilet bourrées de cailloux et de champignons.

Si écrasant de mépris était le regard du postillon, que je débarrassai mon chapeau

de ses herbes et mes poches de leur trésor
de cailloux.

Bien plus, j'avais si peur de passer pour
un idiot, qu'à la vue de la mer, et de ce
beau port de Plymouth, que je voyais pour
la première fois, je ne laissai échapper
aucune exclamation ; et pourtant, je n'étais
pas moins ému qu'à la vue du soleil
levant.

Cependant, je m'aventurai à demander à
mon compagnon ce que c'était que ces
vaisseaux que je voyais se balancer sur
les flots, et cette flotte dont le port était
remplie. Mais il me répondit froidement :

— Ce n'est rien que des bateaux et des
vaisseaux de guerre. Ceux qui les voient,
pour la première fois, prennent souvent
racine comme un roc, ainsi que je l'ai bien
des fois remarqué ; mais moi, je les ai vus
si souvent !...

Et il partit, mordillant une paille ; il ne
semblait pas plus ému qu'il ne l'avait été
à la vue de mon chardon.

Je concevais une haute idée d'un homme
qui avait vu tant de choses qu'il ne pouvait
plus s'étonner de rien. Il m'inspira pour lui
un profond respect qu'il accrut encore par

le silence rigoureux qu'il garda avec moi
durant les cinq derniers jours de notre
voyage.

Il n'ouvrait jamais ou que bien rarement
la bouche, si ce n'est pour me dire le nom
des villes que nous traversions.

J'ai réfléchi plus tard qu'il fût avanta-
geux pour moi d'avoir, dans mon premier
voyage, un compagnon si dédaigneux. Je
rougis de mon ignorance et je conçus le
désir de réparer le vice de mon éducation
et de rechercher quelque autre qui voulût
bien me répondre autre chose que :

« Je ne sais pas, je l'ai déjà dit. »

Enfin nous arrivâmes à Exeter. J'eus
bien de la peine à trouver la maison de
M. Y**. Il était nuit quand j'y arrivai.

Le domestique à qui je remis la lettre me
dit que M. Y** ne me recevrait pas peut-
être, le jour même, car il voulait passer
seul ses soirées. Il prit ma lettre et revint
au bout de cinq minutes me dire de le
suivre.

Je trouvai le bon vieillard et quelques
amis dans son cabinet. Ses enfants étaient
autour de lui. L'un était assis sur ses

genoux, l'autre grimpait sur le dos de sa chaise.

Deux gros garçons regardaient un tuyau de verre qu'il leur montrait.

Il est inutile de répéter les paroles de bienveillance qu'il m'adressa après avoir lu la lettre de mon maître. Il fut très affable et me dit qu'il me trouverait une bonne place ; qu'en attendant, j'étais le bienvenu ; que je resterais dans sa maison où je serais bien traité et qu'il espérait que je me rendrais digne de ses soins.

Puis, voyant que j'étais dominé par la honte d'être en butte aux regards des étrangers, il eut la bonté de me congédier.

Je n'oublierai jamais la joie avec laquelle je considérai notre petite troupe (page 57)

CHAPITRE V

LA MINE D'ÉTAIN

Le lendemain, il me fit appeler dans son cabinet où il était seul. Il m'adressa plusieurs questions, semblant prendre plaisir à la franchise et à la sincérité de mes réponses.

Il vit que je regardais avec beaucoup de curiosité plusieurs objets qui se trouvaient

là et qui étaient tout nouveaux pour moi.
Il me présenta le tuyau de verre qu'il montrait aux enfants quand j'entrai. Il me demanda si j'en avais vu beaucoup de sem-
blables, dans la mine, et si j'en connaissais l'usage.

Je lui dis que j'en avais vu un semblable
entre les mains de notre inspecteur, mais
que j'ignorais à quoi il pouvait servir. C'é-
tait un thermomètre. M. Y** prit beaucoup
de peine à me faire comprendre comment
et dans quelles circonstances il pouvait être
utile.

Je vis que j'avais trouvé une personne
bien différente de mon ami le postillon.
Je ne puis exprimer la joie et la gratitude
que j'éprouvai quand je vis qu'il ne me
prenait pas tout à fait pour un fou.

Au lieu de me regarder avec mépris
comme un imbécile, il répondait avec
complaisance à mes questions. Souvent il
fut assez bon pour ajouter :

— C'est une question toute naturelle,
mon garçon.

Tout en regardant le thermomètre, il
remarqua que je ne pouvais lire les mots
tempéré, gelée, degré de *l'eau bouillante*

écrits sur l'échelle d'ivoire en petits caractères. Il prit occasion de cela pour me
faire voir l'utilité et les avantages que je
retirerais si je savais lire et écrire. Il me
dit que, si je le désirais, il chargerait de
mon instruction le maître qui venait donner les leçons au plus jeune de ses petits-
fils. . . . .

Je ne vous entretiendrai pas du récit de
mes progrès dans l'écriture et la lecture.
Il suffit de vous dire que je m'y appliquai
avec soin. Bientôt je parvins à écrire mon
nom en caractères plus lisibles que ceux
que nous avons lu hier et qui reproduisent
sur le roc le nom de Gervais.

Mon avidité à lire les livres qu'il me mit
entre les mains, et l'attention dont je payais
ses leçons plaisaient à mon maître; et, il
disait qu'il aurait l'orgueil de me faire
avancer aussi loin que possible.

Je dois pourtant l'avouer, il était bien
imprudent avec ses éloges ainsi exagérés.
Ma tête ne put les supporter. Autant j'avais
été humilié quand le postillon m'appelait
idiot, autant je m'enorgueillissais quand
mon maître me proclamait un génie.

J'avais écrit sur l'éloge d'un chardon

quelques méchants vers que je trouvais de la plus grande beauté.

Mon maître les avait lus avec surprise|; il m'avait dit qu'il en avait donné copie à quelques gentlemen d'Exeter et qu'on les avait trouvés admirables pour moi.

J'étais à une période vraiment importante de ma vie. M. Y** vit le danger et me sauva de mon imagination, sans ralentir mon ardeur pour l'étude.

Il me plaça en face des livres de sa bibliothèque, me mit entre les mains quelques volumes de la plus belle poésie, et me fit lire quelques passages qui diminuèrent grandement mon admiration pour mes propres œuvres.

La grande distance que j'apercevais entre ces écrivains et moi me mit au désespoir. M. Y**, voyant mon abattement, me fit observer qu'il était bien aise que je connusse la différence qui existe entre la bonne poésie et la mauvaise. Il ajouta qu'il n'était pas probable qu'en me mettant à écrire des vers j'arrivasse à une bonne position. Il me faudrait gagner mon pain et rivaliser de luxe avec le riche.

— Mais, Gervais, continua-t-il, je vous

loue de votre application et de la rapidité avec laquelle vous avez appris à lire et à écrire. Vous y trouverez de grands avantages. Maintenant, je vous en avertis, tournez vos pensées vers quelque chose d'utile aux autres. Vous avez votre pain à gagner. Vous ne pouvez le faire qu'en vous rendant utile de quelque manière. Regardez autour de vous, et vous verrez que je vous dis la vérité.

» Les serviteurs de ma maison me rendent tous des services; et je les paie suivant leur mérite. Le cuisinier qui prépare mon dîner, le boulanger qui fait cuire mon pain, le maréchal qui ferre mes chevaux, le maître qui instruit mes enfants, tous gagnent de l'argent et se rendent indépendants. Remarquez encore que, parmi les hommes dont je vous parle, le maître est le plus respecté et le mieux payé. Il a les avantages du savoir et ceux du travail; et, les uns sont payés plus cher que les autres. Mais j'en ai dit assez, Gervais; je ne veux pas vous empêcher de lire pourvu que ce soit pour votre bien. Vous êtes jeune et sans expérience; je suis vieux et sans force. Peut-être mes avis vous seront-ils de quelque utilité ! »

Oui, ses avis me furent de la plus grande
utilité. Ceux qui donnent des conseils aux
jeunes gens, — surtout à ceux qui se trou-
vent dans une position inférieure à la leur,
— devraient suivre l'exemple de ce gentleman qui parlait avec tant de bonté qu'il
persuadait et conseillait en même temps.

Le même jour que M. Y** me parla de
cette manière, il me fit appeler près de lui
et me pria d'apprendre à l'aîné de ses
petits-fils les noms que les mineurs donnent à certains fossiles qu'il avait reçus du
Cornouailles.

Après avoir dit à l'enfant que cette étude
lui serait utile, il me pria de lui dire exactement comment on travaillait à la mine
où j'avais été employé.

Je le fis aussi bien qu'il m'était possible.
Mais comme ma description était impar-
faite et qu'elle faisait rire les enfants, je résolus d'essayer de fabriquer, pour leur amusement, un petit plan de la mine d'étain.

Je vis que ce n'était pas chose facile. Mes
souvenirs d'un lieu où j'avais passé mes
jeunes années n'étaient pas assez précis
pour me servir en quelque chose. Je ne
connaissais ni la longueur, ni la largeur,

ni la hauteur des différents compartiments, et quoique M. Y** possédât une grande quantité de fossiles, je me vis bientôt à bout de mon latin, faute de matériaux pour représenter les couches, les veines et, comme on dit, l'aspect du pays.

Dans cette circonstance, mon naturel enthousiaste ne pouvait céder aux difficultés. J'étais excité par l'idée de faire quelque chose d'utile pour les enfants de mon bienfaiteur. Je prévoyais avec transport le moment où je produirais mon modèle achevé, et où je justifierais l'opinion de M. Y** sur ma diligence et ma capacité. Je ne pensais qu'à cela. Dès ce moment, je chassai de ma tête toute autre idée. Les mesures, les dimensions, les échantillons de terre et de métal qui me manquaient, je ne pouvais les prendre qu'à la mine. Je me déterminai donc, à tout hasard, à retourner dans le Cornouaille pour demander à mon excellent maître la permission de visiter la mine pendant la nuit.

C'est pourquoi, sans perdre de temps, je me mis en route.

Je fis à pied une partie du voyage. J'allais en voiture quand je le pouvais. J'étais impatient d'arriver ; je voulais dévorer le pays.

Je pensais que l'étonnement causé par ma soudaine disparition s'était apaisé avec le temps. J'étais trop insignifiant pour qu'on s'occupât continuellement de moi. Dans tous les cas, mon maître avait probablement renvoyé de chez lui la troupe dont j'avais déjoué les desseins. C'était d'eux seulement que j'avais à craindre quelque chose.

En approchant de la mine, j'eus la prudence de ne pas m'exposer sans nécessité. Je pris si bien mes mesures que je rencontrai mon maître seul chez lui. Je lui donnai aussitôt la lettre de M. Y** et un certificat de ma bonne conduite. Puis, je lui expliquai les causes de mon retour et lui demandai la permission de visiter les mines pendant la nuit.

Il m'exprima sa vive surprise et sa satisfaction de me voir si subitement de retour. Il consentit volontiers à ma demande. Il me prévint en même temps que plusieurs de mes ennemis étaient encore dans le voisinage, qu'il les avait renvoyés de chez lui et que quelques-uns avaient quitté le pays pour chercher de l'ouvrage ailleurs, mais qu'à sa connaissance, deux ou trois, — et Clarke avec eux, — rôdaient dans le pays, ayant juré qu'ils se vengeraient de ce qu'ils appelaient ma trahison et qu'ils déployaient à ma recherche une activité infatigable.

Mon maître, en conséquence, m'avertit de ne rester que la nuit suivante et de repartir au point du jour. Il me prévint aussi de ne pas éveiller l'homme qui m'avait remplacé dans ma hutte.

Je ne voulais pas gâter le seul vêtement propre que je possédasse. Aussi, avant de descendre dans la mine, je redemandai à mon maître mon vieil habit, mon tablier, mon bonnet. Enfin, muni d'une lanterne et d'une perche pour mesurer, je commençai mon excursion.

Je fis mon ouvrage avec la plus grande tranquillité, examinant chaque place, me souvenant d'avoir entendu dire à M. Y** que l'on ne pouvait tirer parti de son travail sans le compléter. Je voulais lui donner une preuve de mon exactitude. Aussi, je sondai chaque chose avec la plus grande minutie.

Mon esprit était tellement occupé de mon opération, que Clarke et ses amis étaient bien loin de ma pensée. Bien plus, j'oubliai complétement l'homme de la hutte, et je suis étonné qu'il ne se soit pas éveillé plus tôt.

Enfin il s'éveilla, je crois, au bruit que je faisais sur la terre et le roc pour prendre des échantillons. Une grande pierre s'écroula, et immédiatement après j'entendis hennir les chevaux, ce qui me fis connaître que je les avais réveillés. Je m'enfonçai dans un coin de la galerie occidentale, où je me tins tranquille un quart d'heure, attendant que les chevaux et l'homme fussent rendormis.

Je sortis trop tôt de ma cachette, car au moment où je quittai mon coin, je vis un homme au bout de la galerie. Aussitôt qu'il m'aperçût, il mit ses mains sur son visage, jeta un cri étouffé, se retourna et s'enfuit avec la plus grande rapidité.

Je conjecturai que, comme il le dit hier, il m'avait pris pour mon fantôme. Sa frayeur lui fit prendre ma lanterne pour un cierge bleu. Je n'avais pas de chaîne, mais seulement ma perche à la main.

Il est vrai que je pris avantage de sa ter-
reur pour l'éloigner de mon chemin. Dès
qu'il eut commencé à fuir, je frappai aussi
fort que possible ma perche sur le couver-
cle d'étain de ma lanterne, et je trépignai
des pieds comme si j'avais voulu le poursuivre.

Aussitôt qu'il fut jour, je revins vers mes
échantillons ; je les entassai dans mon
panier et je sortis aussi vite que je pus.
C'est la seule fois que je me promenai dans
la galerie, un cierge bleu à la main et traî-
nant une chaîne, quoique celui qui avait vu
le fantôme ait dit le contraire.

J'étais vraiment heureux d'être sorti et
d'avoir accompli l'objet de mon voyage.
Je portai quelques minutes mon panier sur
mon dos, jusqu'à l'endroit où une voiture
m'attendait. J'y montai et arrivai heureusement à Exeter.

Je résolus de ne pas montrer mon ouvrage à M. Y** ou à ses enfants, jusqu'à ce
que le tout fut parfaitement complet.

J'engageai à venir m'aider un bon charpentier qui avait l'habitude de travailler
pour les boutiques de joujoux. Je dépensai
la plus grande partie de mon avoir pour

mon premier grand projet. J'eus de petits cribles pour passer, la boîte, l'auge, le harpon, la corde, la grue, plus une douzaine d'ouvriers et de brouettes, etc... dont le charpentier garnit ma mine. Je payai en outre le forgeron et l'étameur pour nos planches, la forge et une grille de fer. Je pris un *lion rampant* et autres menus objets chez le potier. Enfin, une paire de soufflets me fut fournie par le gantier. Tous ces articles, qui n'étaient pas communs, me coûtèrent fort cher.

Il y avait quelque temps que tout était prêt ; mais nous n'avions pu faire marcher convenablement nos poupées. La patience vient à bout de tout. Nous parvîmmes enfin à nous faire obéir de nos mineurs de bois et à les faire marcher à notre commandement, c'est-à-dire en tirant quelques cordes ou fils d'archal attachés à leurs jambes, à leurs bras, à leurs têtes, à leurs épaules.

Ces fils d'archal, minces et noirs, n'étaient visibles qu'à une faible distance, et par conséquent ne pouvaient être vus des spectateurs.

Quand notre mécanisme fut prêt, il nous fallut le peindre et habiller nos hommes.

Je n'oublierai jamais la joie avec laquelle je considérai toute notre petite troupe peinte et ornée de frais. Le charpentier avait beau me prévenir de ne pas les gâter, je ne pouvais attendre, que leurs habits fussent achevés. Toutes les demi-heures, je passais le doigt sur leurs joues pour éprouver si le rouge était bien solide.

Avec quel orgueil j'annonçai à M. Y** ma future représentation! Il me dit qu'elle aurait lieu ce soir même, mais que je n'aurais pour spectateurs que lui et ses enfants. C'était bien pour eux que j'avais travaillé, mais j'étais si charmé de mon œuvre, que j'aurais voulu avoir là tout Exeter.

Cependant, avant la nuit, j'étais convaincu de la grande prudence de mon ami M. Y**. Chaque chose, comme dit le charpentier, marcha assez bien. Mais il survint bien des accidents que je n'avais pas prévus. Un méchant vieillard portait l'entêtement jusqu'à retenir avec ses bras ceux que je voulais mettre en mouvement : je ne pus jamais lui faire lâcher prise. Une vieille obstinée ne voulut faire autre chose que saluer, quand je lui disais de se mettre à genoux pour travailler. Mes enfants

tiraient très adroitement la terre du métal,
excepté un mauvais petit drôle, qui depuis
le commencement avait la tête tournée
derrière ses épaules. J'avais vainement travaillé à redresser cette difformité ; et, j'avais
espéré aussi qu'on ne s'en apercevrait pas :
c'était un de ceux qui traînaient la brouette,
par conséquent un personnage important
de la pièce. Mais, chaque fois qu'il paraissait, j'avais la mortification d'entendre rire
les spectateurs pendant qu'il traînait ou
vidait sa brouette. Mon patron lui-même,
quoique très sérieux et d'excellente nature,
— après avoir réprimé le rire des autres —
était obligé de faire chorus.

Moi, pendant ce temps, je m'essuyais le
front derrière mon étalage. De toute ma
vie, je n'eus jamais si chaud. Jamais à la
mine, je n'eus une journée aussi pénible
que la soirée où je tâchais de faire marcher
mes poupées.

Quand la représentation fut finie, le bon
M. Y** vint à moi et me consola de ma
mésaventure par les éloges qu'il donna à
ma patience et à mon adresse. Il me fit voir
les défauts de mon œuvre, et cela du ton le

plus affable. Il me dit comment je pourrais
y remédier.

— Je vois, dit-il en riant, que vous l'avez
entrepris pour l'amusement de mes enfants, je veux qu'il vous soit profitable.

Le lendemain matin, je vins voir ma
boîte que M. Y** m'avait prié de laisser
dans son cabinet. Je fus surpris d'en voir
le devant fermé avec des planches, quoique
je l'eusse laissé ouvert à cause des spectateurs. Le milieu était garni d'une glace.

L'aîné des enfants se tenait là et jouis-
sait de ma suprise. Il me dit de regarder,
et me demanda ce que je voyais. Quel fut
mon étonnement, au premier regard !

— De grandeur naturelle ! de grandeur
naturelle ! criai-je avec admiration : je
vois les personnages de grandeur naturelle !

M. Y** me dit alors que son petit-fils
avait eu l'idée d'y mettre cette glace, qu'on
appelait verre grosissant ou lentille con-
vexe. Il vous en fait présent, ajouta-t-il en
riant ; mettez en ordre votre personnel et
préparez-vous pour une seconde représentation. Je vais envoyer chercher un habile
horloger de la ville pour vous montrer à

faire agir les ressorts de vos poupées;
enfin, nous appellerons le peintre pour les
colorier.

Il y avait alors à Exeter une société lit-
téraire de gentlemen qui se réunissaient
une fois par semaine chez l'un d'entre eux.
M. Y** en faisait partie; et les principales
familles d'Exeter, — surtout celles qui
avaient des enfants, — vinrent au jour
fixé voir la mine d'étain du Cornouailles.

Avec l'aide du peintre et de l'horloger,
elle devint véritablement digne d'être vue.

Je ne fis, cette fois, que peu de fautes, et
la société fut assez bonne pour me les par-
donner et pour m'exprimer le plaisir qu'elle
prenait à mon petit spectacle. Ils me donnèrent même de leur satisfaction des marques plus solides, et tout à fait inattendues.
Après la soirée, le plus jeune des enfants de
M. Y** me remit une bourse contenant le
résultat d'une quête faite à mon profit.

Après avoir payé mon voyage et mes
machines, il me resta six guinées et une
couronne. Je me crus riche. Jamais tant
d'argent n'était entré en ma possession :
six guinées d'or et une couronne! Comme
le commun des hommes, lorsqu'ils vien-

nent à acquérir une fortune inespérée, je serais devenu fou, sans les sages avis de mon mentor, M. Y**.

Je lui montrai deux magots de la Chine que j'avais achetés d'un colporteur, deux fois plus qu'il ne valaient, sans autre raison que ma fantaisie. Il branla la tête et me fit observer, qu'avant ma mort, je pourrais regretter cet argent et le désirer pour acheter du pain.

— Si vous dépensez, Gervais, me dit-il, votre argent aussi vite que vous le gagnez, vous serez toujours pauvre. Souvenez-vous de l'excellent proverbe qui dit : » L'industrie est la main droite de la fortune, l'économie en est la main gauche. »

Ce proverbe m'a été plus utile que tout l'argent contenu dans ma petite bourse. Tant il est vrai que ce ne sont pas ceux qui donnent de l'argent, qui donnent le plus.

Je rapportai immédiatement cette pièce à mon maître (page 66)

CHAPITRE VI

NOUVEAU VOYAGE

J'eus bientôt raison de me réjouir de n'avoir pas dépensé mon argent pour des bagatelles. Je dus m'équiper pour un nouveau voyage.

— Gervais, me dit M. Y**, je vous ai trouvé une place, qui, je l'espère vous conviendra.

A mon insu, il n'eut pas plus tôt vu ma petite mine, qu'il avait cherché à la faire tourner à mon profit.

Parmi les gentlemen de la société dont j'ai parlé, il y en avait un qui avait formé le projet d'envoyer des orateurs instruits, par toute l'Angleterre, pour montrer les modèles des machines en usage dans les manufactures. M. Y** avait invité ce gentleman le soir de ma petite représentation de la mine d'étain. Il lui proposa de me permettre d'accompagner l'un des orateurs.

Cette demande fut agréée. M. Y** me dit que, quoique la personne désignée ne fût pas précisément celle qu'il aurait choisie, cependant, comme il était parent du gentleman qui mettait l'affaire en train, il ne pouvait y faire aucune objection,

Je fus présenté à mon nouveau maître, et je fus tout décontenancé par l'air froid et hautain avec lequel il me reçut. M. Y** s'en aperçut et me dit tout bas à l'oreille :

— Rendez-vous utile, et vous gagnerez ses bonnes grâces. Nous ne devons pas espérer qu'à notre entrée dans le monde, on nous accueillera favorablement; nous avons souvent beaucoup de peine à nous

faire des amis de ceux avec qui nous
sommes obligés de vivre.

Il m'en coûta beaucoup pour gagner les
bonnes grâces de l'orateur. Il était ce qu'on
appelle gentleman de naissance, et il me
traitait comme un roturier orgueilleux,
qui, sorti de son ignorance, avait la pré-
tention de se croire un génie extraordinaire.

Je n'ai jamais cherché à le cacher : je n'ai
jamais vu que j'eusse quelque raison pour
rougir de ma naissance ou pour m'être
élevé par des moyens honnêtes au-dessus
de la condition où je suis né. Loin de là,
j'en étais fier. Il ne m'était donc pas pénible d'entendre les plaisanteries que mon
noble maître faisait à ce sujet.

Comme je ne prétendais pas au savoir
qui me manquait, j'espérais que peu à peu
ses préventions disparaîtraient, et qu'il ne
verrait plus en moi aucune des prétentions
d'un parvenu ou d'un génie extraordinaire.
Je résolus donc de mettre à profit le conseil
de M. Y**.

Ce n'était pas chose facile. Il avait tellement peur de ma maladresse qu'il ne me
laissait jamais toucher à ce qui lui appar-

tenait. Pendant qu'il pérorait, il me fallait rester là comme une bûche. Enfin, j'avais régulièrement la mortification de l'entendre toujours terminer ses discours par cette formule :

— Maintenant, Gentlemen et Ladies, je ne veux pas vous retenir plus longtemps et vous éloigner de ce qui mérite plus votre attention que mes paroles : les poupées de M. Gervais.

Il arriva qu'un jour, il me donna un shilling, à ce qu'il croyait, pour payer la dépense de son cheval. Comme je roulais cette pièce entre mes doigts et le pouce, je vis que le blanc disparaissait et qu'elle devenait jaune. Je me souvins que mon maître avait, la veille, fait des expériences avec de l'or et du mercure et qu'il avait couvert une guinée d'or de ce dernier métal. Je rapportai immédiatement cette pièce à mon maître.

Pour la première fois de sa vie, il me remercia avec affabilité. C'était réellement une guinée et non un shilling. Il fut aussi bien surpris quand je lui rappelai l'expérience qu'il avait faite.

Le premier jour qu'il parla en public, il

omit la conclusion injurieuse sur les poupées de M. Gervais. Je remarquai ensuite,
à ma grande satisfaction, qu'il fut moins
soupçonneux à l'égard de ma probité. Il
se laissa aller à son indolence habituelle ;
il me permit de m'occuper de ses effets et
de lui rendre mille petits services qu'il
avait jusque là refusés avec hauteur,
disant :

— Je me servirai moi-même, Monsieur,
ou bien je n'aime pas qu'on touche à mes
affaires, M. Gervais.

Aujourd'hui, ses manières étaient chan-
gées. Ce n'était que : « Gervais, ayez soin
de ceci pendant que je vais lire, » ou bien :
« Gervais, voulez-vous prendre, garde à ce
que je ne laisse rien derrière moi. Vous
êtes un honnête garçon. »

En effet, il était on ne peut plus enclin
à laisser ses effets derrière lui. C'était
bien l'homme le plus distrait et le plus
oublieux du monde.

Dans les six premiers mois de notre
voyage, et dans le temps qu'il voulait lui-
même prendre soin de ses affaires, je
comptai qu'il perdit cinq pantoufles, une
botte, trois bonnets de nuit, une chemise

et quinze mouchoirs de poche. La plupart
de ces pertes, avaient été, j'en suis sûr,
mises à mon compte, parce qu'il doutait
de ma probité.

Je le vis avec joie convaincu de l'injustice de ses soupçons. Dès ce moment, j'eus
la charge de ses biens, comme il disait.
Pendant cinq ans et demi que nous restâmes ensemble, il ne perdit jamais rien,
si ce n'est un bonnet de nuit rouge qu'il
avait, je crois, emporté chez son barbier un
dimanche matin et qu'il n'avait pas rapporté, et un vieux mouchoir bleu déchiré
qu'il disait avoir placé sous son oreiller,
ou dans une de ses bottes en se mettant au
lit.

C'était chez lui une habitude de placer
ses mouchoirs dans ses bottes pour les
retrouver plus facilement le matin. Je
soupçonne que ce mouchoir avait été retiré de la botte et donné à la blanchisseuse.
Mais il était bien sûr que ces deux pertes
ne pouvaient être imputées à ma négligence.

Il me témoignait encore de la reconnaissance pour les soins dont je payais ses
bontés; il me traitait amicalement; et sou-

vent il m'expliqua en particulier ce que
je n'avais pas compris dans les lectures
publiques.

Je fus bientôt élevé à la dignité de son
secrétaire. Il avait, pour écrire, une pauvre
main, et ses manuscrits avaient tant de ra-
tures et de surchages qu'ils étaient presque
illisibles pour lui-même, quand il était
obligé de recourir à ses notes en s'adres-
sant au public.

De plus, il était extrêmement myope; et,
quand il était préoccupé, il avait l'habitude
de froncer les sourcils d'une manière si
étrange, son regard était si comique, que
peu de ses auditeurs pouvaient s'empêcher de rire, ce qui le déconcertait outre
mesure.

Il fut donc tout joyeux d'accepter l'offre
que je lui fis de lui copier ses griffonnages
en belle écriture ronde.

J'avais, je le dis sans vanité, une belle
main. Dans le calcul, je connaissais les
quatre règles. Je devins donc son *factotum*.
Je fus bien récompensé de mes peines,
car je gagnai chaque jour quelques bribes
de savoir par la lecture des notes que je
transcrivais.

C'est alors que je m'applaudis de savoir lire et écrire. L'utilité de mes connaissances se révélait à mes yeux. Ma curiosité et mon désir d'apprendre étaient insatiables. Je passais souvent la nuit à lire et à écrire. J'avais la liberté de feuilleter les livres de mon compagnon de voyage et je croyais ne pouvoir jamais étudier assez.

Au commencement de mes études, mon maître louait mon application et me montrait lui-même les passages de ses livres où je devais trouver ce que je cherchais, et il m'aplanissait toutes les difficultés. Je le regardais comme un prodige de science.

Je ne me gênais pas pour mettre sa complaisance à contribution. Mais cela ne dura pas. Dans la suite, il devint grondeur. En m'expliquant les choses, il me disait que je gâtais ses livres en les feuilletant, quoique, Dieu le sait, mes doigts étaient plus propres que les siens. En un mot, il me querellait sous un prétexte ou sous un autre.

Je ne pouvais concevoir la cause d'un changement si brusque dans l'humeur de mon maître. Il m'était difficile de concevoir qu'il était devenu jaloux des talents et du

savoir d'un pauvre diable dont l'ignorance
avait fait naguère l'objet de ses railleries
et de ses mépris. Je fus bien surpris de la
tournure qu'avait prise son esprit, d'autant
plus qu'au lieu de m'enorgueillir, je m'é-
tais fait plus humble.

Cette conduite, qu'il attribuait à la ruse,
n'était pas faite pour lui ôter l'idée que
j'avais formé le projet de le supplanter
dans ses fonctions d'orateur : projet qui,
certes, n'était jamais entré dans ma tête.
Je fus tout abasourdi, quand un jour, il
me dit :

— Vous n'avez pas besoin de tant étudier, M. Gervais, je vous promets que malgré l'assistance de M. Y**, et tous vos arti-
fices, vous ne réussirez pas à vous mettre à
ma place aussi facilement que vous pensez.

Je vis alors la vérité pour la première
fois. S'il avait eu quelque connaissance du
cœur humain, il aurait lu mon innocence
dans mes yeux; mais il était tellement
arrêté dans son esprit, que toutes mes
protestations n'auraient réussi qu'à le
convaincre davantage de ma dissimula-
tion.

Je lui rendis immédiatement ses livres

et ses manuscrits, et dès ce moment je
m'abstins de paraître à ses lectures auxquelles j'avais été jusque-là l'auditeur le
plus assidu. Je cessai toute étude des choses
dont il s'occupait, pour lui faire voir que ce
dessein était bien loin de ma pensée.

J'ai réfléchi depuis que cette jalousie, —
qui d'abord me paraissait un malheur, —
était un bien pour moi, quoiqu'elle m'ar-
rêtât dans des études qui étaient de mon
goût. Mes lectures étaient trop générales.
J'avais été poussé par mon maître dans
tant de sciences que je n'en connaissais
aucune à fond.

Comme me le disait un forgeron à qui je
demandais pourquoi il n'était pas aussi
fondeur :

« L'homme qui s'occupe de tant de choses arrive à pouvoir chausser les oies. »

Ce vieux proverbe, où la bouffonnerie se
mêle au bon sens, fut plus tard mon proverbe favori.

Après avoir rendu les livres de mon
maître, je ne pus lire que ceux que je pouvais me procurer par achat ou par emprunt.

Je devins difficile dans le choix des
livres. Je saisis l'occasion d'apprendre,

quand je la trouvai, dans la conversation
des hommes instruits.

Et je vis que sous ce rapport, je pouvais
encore acquérir, du côté où j'y comptais le
moins. Je puis ajouter, pour encourager
les autres, que ce moyen me fut dans la
suite très utile.

Après avoir parcouru l'Angleterre, mon
compagnon de voyage résolut de tenter
fortune à Londres et d'y donner quelques
lectures à la jeunesse, pendant l'hiver. En
conséquence, nous nous dirigeâmes vers
la capitale, en passant par Woolwich.

Dans cette dernière ville, nous compa-
rûmes devant la jeunesse de l'académie
militaire. Mon maître, qui avait perdu les
notes écrites de ma main, n'avait pu trouver personne pour les copier proprement.
Pendant sa lecture, il se trouva dans un
grand embarras; et, à cette occasion, ne
manqua de faire la grimace dont j'ai parlé
plus haut. Les jeunes gens éclatèrent de
rire.

De plus, il prolongea sa lecture plus qu'il
ne plaisait aux auditeurs, qui après quelques bâillements, donnèrent des signes
de la plus vive impatience et du désir

qu'ils avaient de voir ma boîte pour les
remettre de leur ennui. Mon maître s'en
aperçut.

Ainsi provoqué, il me parla avec une
rudesse et une insolence que je supportai
avec patience, ce qui disposa l'assemblée
en ma faveur. Il ne manqua pas de terminer sa lecture par la vieille formule :

— Gentlemen, je ne veux pas retarder
pour vous le moment où vous verrez ce
qui est plus digne de votre attention que
mes paroles : les poupées de M. Gervais.

C'était jouer de malheur. Il arriva que
chacun, après avoir vu ce qu'il appelait
« mes poupées », fut précisément de son
avis. Mon maître devint de plus en plus
furieux et voulut me faire sortir. Alors, un
jeune gentleman plein d'esprit me prit, moi
et ma mine, sous sa protection. Je tins
ferme sur mon droit de finir ma représentation comme mon maître avait eu le temps
de finir la sienne. Le jeune gentleman qui
me soutenait fut aussi charmé de ma fer-
meté qu'il l'avait été de ma patience. En
partant, il m'offrit une forte somme, fruit
d'une collecte faite à mon profit. Je la refu-
sai et ne pris que le prix fixé.

— Bien, dit-il, mais vous n'y perdrez
rien ; vous allez à la capitale, mon père est
à Londres, voici son adresse. J'écrirai
demain à ma famillle pour vous recommar-
der, et vous ne vous en trouverez pas plus
mal.

Aussitôt que nous arrivâmes à Londres,
je me rendis à l'adresse indiquée. Le
jeune gentleman avait tenu parole mieux
qu'on ne le fait d'habitude à son âge.

On m'engagea à venir le lendemain so r
avec tout mon bagage. Je trouvai une foule
de personnes, sans compter les enfants de
la famille. Les jeunes spectateurs se réu-
nirent autour de moi, à un bout d'un im-
mense salon, et m'accablèrent de questions
après que la représentation fut finie.

Pendant ce temps, le maître de la maison
— qui était directeur de la compagnie des
Indes orientales — se promenait de long
en large avec un gentleman en costume
d'officier. Leur conversation, comme je le
compris plus tard, roulait sur une com-
mande de canons à l'arsenal de Woolwick
pour la compagnie des Indes.

— Charles, dit le directeur venant vers
nous et mettant son plus jeune fils sur ses

épaules, vous rappelez-vous ce que nous dit votre frère sur la quantité d'étain qui entre dans la composition des canons de Woolwich?

Le jeune gentleman répondit qu'il ne pouvait se le rappeler; mais il pria son père de s'adresser à moi, parce que j'étais la personne de qui son frère prétendait tenir ce renseignement. Ma mémoire me fut fidèle. J'eus ainsi l'occasion de me réjouir de n'avoir pas négligé d'acquérir quelque connaissance pendant notre court séjour à Woolwich.

Le directeur de la compagnie des Indes, charmé de ma réponse qu'il trouva juste, consentit, par complaisance pour les prières de son fils, à examiner ma boîte et m'interrogea sur une foule de sujets.

Enfin, il fit observer au gentleman|avec qui il se promenait que je m'exprimais bien, que je savais bien ce dont je parlais, et que je pourrais comprendre les idées du docteur Bell mieux que personne. Il me demanda ensuite mon histoire et mes aventures. Je le satisfis pleinement à cet égard.

Il prit l'adresse de M. Y** et celle de

mon bon maître, comme j'appelle encore
M. R** ainsi que celles de plusieurs autres
gentlemen avec qui je m'étais trouvé en
rapport depuis trois ou quatre ans. Il me
dit qu'il voulait leur écrire à mon sujet et
que si, d'après leurs réponses, il trouvait
mon récit aussi exact que mon savoir, il
me procurerait une place digne d'envie.

Les réponses furent on ne peut plus
favorables. Il me donna la lettre de M. R**
en me disant :

— Gardez bien cette lettre; elle sera pour
vous un titre de recommandation partout
où le courage et la fidélité sont encore en
honneur.

En lisant cette lettre, je vis que mon bon
maître avait rapporté, de la façon la plus
honorable pour moi, toute ma conduite
dans la découverte de la veine.

Le directeur me dit alors que si je n'a-
vais aucune répugnance, il m'enverrait à
Madras comme aide du docteur Bell, directeur de l'asile fondé pour l'instruction des
orphelins. Cet établissement, placé immédiatement sous l'autorité de la Compagnie,
lui fait le plus grand honneur.

Je fus obligé de courir après lui, dans toute la longueur de la rue (page 82)

CHAPITRE VII

DÉPART POUR LES INDES

Les appointements qui me furent offerts étaient bien au-delà de mes espérances. Je fus encore exalté par un rapport sur cette institution qu'on me donna à lire.

Je me hâtai de régler mes affaires avec l'orateur. Il fut fort surpris de voir qu'on ne lui avait pas offert cet emploi. Je le

consolai en lui montrant un passage du
docteur Bell où il était dit que ce docteur
préférait, pour enseigner dans ses écoles,
les jeunes gens dont les habitudes n'é-
taient pas assez enracinées pour se refuser
à suivre sa direction. J'avais alors dix-
neuf ans.

Mon maître s'apaisa, et nous nous sépa-
râmes bon amis, comme je le désirais,
mais sans aucun regret de ma part. Je n'a-
vais pas de plaisir à vivre avec un homme
qui ne voulait me témoigner aucun intérêt.
Après avoir eu le bonheur de rencontrer
deux excellentes personnes dont l'une fut
mon maître, l'autre mon ami, je ne pouvais
éprouver de plus délicieux sentiments que
la reconnaissance et le dévouement.

Avant de quitter l'Angleterre, je reçus
de nouvelles preuves de l'a'tachement de
M. R**. Il m'écrivit que, puisque j'allais à
une grande distance, où il ne serait pas
facile de me faire parvenir la faible annuité
de dix guinées, il avait résolu d'en employer le capital d'une manière qui serait,
espérait-il, avantageuse pour moi. Il me
disait aussi que la veine avait produit plus
qu'il ne l'espérait; et, qu'en conséquence,

il ajoutait cinquante guinées à ce qui m'était dû. Enfin, il finissait en me disant d'aller chez M. Ramsdem, fabricant d'instruments de mathématiques, dans Piccadilly, et que là je trouverais tout ce qu'il avait ordonné de préparer pour moi.

Je me rendis chez M. Ransdem. Je trouvai emballés deux petits globes, des siphons, des prismes, un fusil à vent, une machine pneumatique, un petit appareil pour préparer le gaz, un autre pour faire la glace. M. Ransdem me dit que ce n'était pas tout, qu'il devait encore me fournir un petit ballon, un télégraphe portatif en forme de parapluie, et qu'il m'enverrait ces objets dans le cours de la semaine prochaine.

M. Ransdem me dit aussi qu'il avait ordre de me donner tous les instruments dont je pourrais avoir besoin.

— Vous serez bien heureux, ajouta-t-il en souriant, si vous les recevez assez tôt.

Pendant quinze jours, je fis cent fois le trajet de chez M. Ransdem. Enfin je reçus tous mes objets la veille du départ de la flotte.

Je ne puis passer sous silence ce qui

m'arriva dans une de mes courses chez
M. Ramsdem.

Je m'étais attardé et je me hâtais de tra-
verser une foule compacte qui s'était amas-
sée au tournant d'une rue, quand un crieur
public, agitant des affiches encore humi-
des, se mit à crier :

« Derniers moments, dernières paroles
et confession de Jonathan Clarke qui a été
exécuté lundi, dix-sept du courant ! »

Jonathan Clarke! ce nom bourdonna à
mes oreilles ; ces deux mots m'assourdi-
rent tellement que je restai immobile. Je
ne revins à moi que lorsque le crieur se
fut éloigné et qu'il eut recommencé à
crier :

« Le dernier jour, les dernières paroles
et la confession de Jonathan Clarke mineur du Cornouailles. »

J'appelai le crieur, mais en vain ; il criait
trop haut lui-même pour m'entendre. Je
fus obligé de courir après lui, dans toute
la longueur d'une rue, pour lui acheter une
de ses affiches.

Je ne doutai pas, en la lisant, qu'il ne
s'agît des derniers jours de mon ennemi
mortel : Clarke ; sa naissance, sa parenté,

DE GERVAIS LE BOITEUX 83

chaque circonstance, m'en assurait l'iden-
tité.

Parmi ses aveux, j'en vins au projet
qu'il avait formé d'assassiner un pauvre
garçon qui travaillait avec lui dans la mine.
Il remerciait Dieu que ce projet n'eût pas
été exécuté parce que l'enfant avait dis-
paru providentiellement, la nuit même que
le meurtrier avait choisie pour commettre
son crime. Dès lors, il sortit de la mine,
renvoyé par son maître.

Obligé de quitter le Cornouailles, il vint
à Londres et travailla chez un charbon-
nier pour un faible salaire. Plus tard, il se
fit *alouette de marais* c'est à dire qu'il devint
voleur des marchandises que l'on débar-
quait ou que l'on embarquait sur la Ta-
mise.

Il continua cet abominable métier pendant quelque temps, dépensant à boire le
fruit de ses vols. Enfin, dans un cabaret,
il eut querelle pour le partage de certains
articles et le salaire qu'il devait à son
recéleur. Il frappa une femme avec tant de
violence qu'elle en mourut. Il fut prouvé
que, dans une querelle précédente, il s'était
montré aussi emporté. Il fut traité comme

criminel endurci et condamné à être pendu.

J'avais la sueur au front en lisant ce qui précède.

Voici donc la fin que toute son adresse a procurée à ce scélérat ! Comme je remerciai Dieu de m'avoir séparé de lui ! Ma reconnaissance, pour mon bon maître, augmentait quand je songeais que je devais ce bonheur à son humanité qui m'avait élevé du vice et de la misère à la vertu et à la prospérité.

Nous partîmes de Douvres le 20 Mars mil-sept-cent... Mais pourquoi vous dire ce que je ne sais pas au juste ? à moins que ce ne soit pour imiter certains voyageurs qui s'imaginent que le monde a intérêt à savoir que, tel jour ou tel autre, ils ont quitté tel ou tel port.

Je ne les imiterai pas non plus en vous donnant un journal des variations du vent ou de la table de loch. Il vous suffira d'apprendre que nous arrivâmes heureusement à Madras, après un voyage égal en durée à tous les autres. Je regrette de n'avoir à vous signaler, pour votre amusement, ni orage, ni tempête, car nous n'en éprouvâmes point.

Vous serez, je pense, désappointés de voir qu'à mon arrivée dans l'Inde, il ne m'arriva aucune aventure merveilleuse. Je menai, à l'asile du docteur Bell, une vie parfaitement tranquille. Pendant bien des années, chaque jour était entièrement semblable au précédent. Cette existence ne me déplaisait pas, quoique ma vie en Angleterre eût été jusqu'alors bien agitée

Je n'avais point de goût pour le vagabondage ; et, sous la conduite du docteur Bell — qui me traitait avec la plus stricte justice aussi bien que le permettait la situation de l'asile et avec la plus grande bonté en toutes choses, — je jouissais d'autant de liberté, que j'en désirais. Je n'eus jamais ces idées vagues et absurdes de liberté qui rendent insupportables aux hommes les devoirs de toute vie civilisée et les disposent à la vie des sauvages.

Le jeune peuple confié à mes soins m'était dévoué et moi à lui. Je suivais de point en point l'impulsion du docteur Bell.

Quand nous eûmes passé quelque temps ensemble, il aimait à dire qu'il n'avait jamais eu de disciple qui lui fût aussi agréable que moi.

Les affaires de la journée terminées, je m'amusais en compagnie des enfants avec mon appareil pour les gaz, mon télégraphe, mon fusil à vent, etc.

Un jour, c'était, je crois, dans la quatrième année de mon séjour à Madras, le docteur Bell m'appela dans son cabinet et me demanda si j'avais entendu parler d'un de ses écoliers nommé William Smith, jeune garçon de dix-sept ans, qui, en l'année 1771, fut attaché à une ambassade envoyée au sultan Tippoo, à l'époque où les princes otages furent rendus, et qui fit en présence du sultan, plusieurs expériences de physique et de chimie.

Je répondis au docteur Bell, qu'avant de quitter l'Angleterre, j'avais lu dans son mémoire sur l'asile quelques extraits des lettres de William Smith, écrites pendant qu'il était à la cour de Tippoo, et que je me souvenais bien de toutes les expériences qu'il avait faites. Je me rappelai encore qu'il avait été retenu par ce prince, dix-neuf jours après le départ de l'ambassade, pour instruire deux *aruzbegs,* ou princes, dans la manière de se servir d'un magnifique cabinet de mathématiques offert au sultan par la Compagnie des Indes.

— C'est très bien, dit le docteur Bell, depuis ce temps le sultan Tippoo a été en guerre, et n'a pas eu, je pense, de temps pour l'étude de la philosophie et des mathématiques. Mais aujourd'hui, il vient de faire la paix et à besoin de distractions. Il a envoyé prier le gouvernement de Madras de permettre à quelques-uns de mes élèves de lui faire une deuxième visite pour rafraîchir la mémoire des aruzbegs; et aussi, je présume, pour montrer quelques merveilles nouvelles qui serviront à l'amusement de Tippoo.

Mon ballon n'étant plus retenu, s'éleva avec rapidité (page 94)

CHAPITRE VIII

DANS LES ÉTATS DE TIPPOO

Le docteur Bell me proposa de me rejoindre à l'ambassade. En conséquence je préparai mes paquets. J'avais bien remarqué les choses qui avaient été montrées déjà à Tippoo. Je choisis donc ce qu'il n'avait pas encere vu.

J'emballai mon télégraphe, mes appareils pour le gaz et la glace, mon ballon,

mon porte-voix. J'y joignis mon modèle de
la mine d'étain, sur l'avis du docteur Bell.
Je pris, pour m'accompagner, deux des
plus vieux de nos écoliers.

Nous fûmes reçus à notre entrée dans
les états de Tippoo par deux *hircarrahs*, ou
soldats, que le sultan avait envoyés pour
protéger notre voyage. Il nous reçut à sa
cour le lendemain de notre arrivée. Inac-
coutumé que j'étais à la magnificence
orientale, mes yeux furent éblouis de ce
déploiement de pompe; je me prosternai
aux pieds du trône de Tippoo que je regardai comme digne de la vénération hu-
maine.

Après que j'eus fait mon salut, suivant
le cérémonial de la cour, le sultan m'ordonna, par son interprète, de déployer mon
savoir dans les sciences et les arts pour
l'amusement de sa cour.

Mes boîtes et mes machines avaient été
soigneusement déballées. Je me préparais
à lui montrer mon appareil pour la glace;
mais les yeux de Tippoo étaient fixés sur
mon ballon de soie peinte.

Avec un ton de vivacité, il m'interrompit
plusieurs fois pour me demander ce que

c'était que ce grand sac vide. Je m'efforçai de lui faire comprendre — aussi bien que je pus par le moyen de son interprète et par le mien — que ce grand sac devait être rempli avec une espèce d'air plus léger que l'air commun, et que, quand il s'était rempli, ce sac, — que dans nos pays on appelait un ballon, — s'élèverait plus haut que son palais.

L'interprète n'eut pas plus tôt répété ces paroles au Sultan, qu'il m'ordonna de remplir le ballon sur le champ. Je lui répondis que je ne pouvais le faire de suite, et que je n'étais pas préparé à le lui montrer ce jour-là.

Tippoo donna les signes de la plus enfantine impatience. Il me signifia que, puisque je ne voulais pas lui montrer ce qu'il voulait voir, il ne voulait pas voir ce que j'avais intention de lui montrer.

Je lui répondis par son interprète, de la manière la plus respectueuse et la plus ferme, que personne n'était assez osé pour montrer au sultan Tippoo, à sa propre cour, ce qu'il ne voulait pas voir, que c'était pour complaire à ses désirs que j'étais venu, et qu'au bout de quelque temps, je pourrais obéir à ses ordres et lui montrer ce qu'il désirait.

Un jeune homme qui se tenait à la droite de Tippoo applaudis à cette réponse, et le Sultan, prenant un air plus digne et plus posé me dit qu'il attendrait jusqu'au lendemain que le sac fût rempli, et que, pour le moment, il se contenterait de voir ce que j'étais prêt à lui montrer.

L'appareil pour la glace parut lui faire plaisir; mais je remarquai que, pendant que je lui parlais, il avait la plupart du temps l'esprit préoccupé d'autre chose.

Je n'eus pas commencé à parler qu'il fit apporter les jets d'eau faits par lui-même. Il les avait déjà montrés à William Smith qui nous les avait donnés comme élevant l'eau plus haut que les nôtres. Le sultan, je le voyais bien, n'était pas fâché de montrer son petit bagage de connaissances mathématiques et ne songeait nullement à l'augmenter.

Ce mélange de vanité et d'ignorance, qu'il déployait alors et dans bien d'autres circonstances, diminuait considérablement la considération que j'avais ressentie d'abord à la vue de sa magnificence.

Plusieurs fois, il entra en discussion avec moi pour montrer à ces courtisans la supériorité de son savoir; mais, trompé dans son attente, il affecta de me traiter comme un jongleur vulgaire venu par ses ordres pour amuser sa cour.

Quand il vit mon porte-voix fait de cuivre, il le regarda avec dédain et ordonna à ses gens de me montrer leurs trompettes d'argent. Comme avec mon prédécesseur, il leur fit sonner les mots *hauw* et *jauw*, c'est à dire *va* et *viens*. Mais lorsqu'il m'eût entendu, il avoua que mon instrument était bien préférable. Il me fit dire alors, par un de ses courtisans, qu'il serait prudent de l'offrir immédiatement au Sultan.

C'est ce que je fis.

Il l'accepta avec la joie d'un enfant qui a désiré et obtenu un nouveau jouet.

Le jour suivant, Tippoo et sa cour s'assemblèrent pour voir mon ballon.

Le sultan était assis sous un magnifique pavillon; ses courtisans étaient rangés debout en demi-cercle autour de lui.

Le jeune homme dont j'ai déjà parlé était encore à sa droite et tenait les yeux invariablement fixés sur mon ballon rempli à l'avance, et retenu soigneusement par des cordes.

J'eus la curiosité de demander qui était ce jeune homme. Il me fut répondu que c'était le jeune prince Abdul-Calie, fils aîné du sultan. Je n'eus pas le temps de faire de nouvelles questions, car Tippoo donna le signal convenu.

A l'instant je coupai les cordes, et mon ballon, n'étant plus retenu, s'éleva avec rapidité, mais avec grâce, à une hauteur prodigieuse, à l'étonnement et aux applaudissements de la foule.

Dans l'espèce d'extase et dans l'émotion générale que causa cette ascension, tous les rangs furent confondus. Le sultan Tippoo lui-même sembla s'oublier et être oublié par les autres.

Aussitôt que le ballon fut hors de la vue, les courtisans reprirent leurs places. Le sultan, désireux de ramener l'attention sur sa personne et de montrer sa magnificence, donna ordre à son trésorier de me délivrer la somme de deux cents pagodes étoilées comme marque de sa royale approbation.

J'approchai pour lui faire mon salut et

lui exprimer mes remerciements, comme
on me l'avait appris, mais le sultan s'a-
perçut que plusieurs de ses courtisans me
regardaient fixement avec jalousie, comme
si ma récompense eût été au-dessus de
mes propres mérites.

Il voulut alors se divertir de leur chagr n
et m'étonner par sa générosité. Il tira dé
son doigt une bague, montée sur diamant,
et me la fit présenter par un de ses officiers.

Le jeune prince Abdul-Calie parla tout
bas à son père, et je reçus du sultan un
message. C'était une prière, ou plutôt un
ordre, de rester à sa cour pour instruire le
jeune prince, son fils, dans l'usage de nos
machines d'Europe, pour lesquelles ils
n'ont point de nom dans leur langue.

Cette mission me donna bien des jouis-
sances. Je trouvai chez le jeune prince
Abdul-Calie, une grande intelligence et
les plus heureuses dispositions. Il n'avait
point le caractère impérieux que j'avais
remarqué chez son père.

Ce prince, à l'âge de douze ans, avait été
un des otages donnés à Lord Cornwalis
à Séringapatam.

Avec une politesse qu'on trouve rarement chez les fils despotes de l'Orient, il me fit voir, dès la première entrevue, un magnifique palanquin qui lui avait été donné par Lord Cornwalis.

Il me montra les serpents émaillés qui supportaient les panneaux sur lesquels était peint le soleil levant :

— Le souvenir de votre noble compatriote, me dit-il, et la mémoire de son amitié, sont aussi frais et aussi vifs dans mon cœur que les couleurs qui sont sous nos yeux.

Une autre chose me donna une haute idée de ce prince, c'est qu'il n'estimait point les présents d'après leur valeur absolue.

Quand il donnait ou recevait, il s'attachait aux sentiments.

Pour ma part, je sais bien que lorsqu'il me donnait une simple bagatelle, ou m'adressait la parole et même son simple regard, j'éprouvais plus de gratitude que pour les plus somptueux présents de son vaniteux père.

Tippoo avait bien ordonné à son trésorier de me compter vingt roupies par jour pendant que je serais à son service. Ce qui ne l'empêchait pas de me traiter avec une insolence contre laquelle se révoltaient mes sentiments d'Anglais né libre.

Son fils, au contraire, me montrait à chaque instant combien il m'était obligé pour l'instruction que je lui donnais. Il ne parut jamais penser qu'il pût payer mes services comme ceux de ses inférieurs par des pagodes ou des roupies. Il est vrai qu'on ne peut payer l'affection. Et ceux qui veulent avoir des amis aussi bien que des serviteurs devraient méditer cette vérité.

L'esprit anglais d'indépendance, que je portais avec moi, me suggérait ces réflexions et bien d'autres encore pendant mon séjour à la cour de Tippoo. Chaque jour m'apportait matière à une comparaison entre le sultan et son fils ; et chaque jour mon attachement croissait pour mon élève.

Mon élève ! je ne pensais qu'avec stupeur à cette idée que j'avais un prince pour élève.

Ainsi un individu obscur, né en Angleterre ou les arts et les sciences sont acces-

6

sibles à tous les rangs de la société, peut acquérir assez de savoir pour qu'un despote de l'Orient, malgré tout son orgueil, cherche à l'attacher à son service, au moyen de son or le plus pur !

Un soir, toutes les affaires de la journée étant terminées, j'expliquais au jeune prince l'usage de certains instruments de mathématiques renfermés dans mon étui. Tippo entra subitement dans l'appartement de son fils.

— Nous connaissons toutes ces choses, dit le sultan avec hauteur, le gouvernement de Madras ne nous envoie que ce qui est devenu familier à mes aruzbegs qui l'ont sans doute expliqué à mon fils.

Le prince Abdul-Calie répliqua avec douceur qu'il n'avait jamais pu les comprendre, car les aruzbegs qui avaient essayé de les lui expliquer, n'avaient pas, comme moi, la faculté de les rendre faciles.

Je fus heureux à ce compliment qui rendait justice à la conscience avec laquelle je remplissais mes fonctions. Je ne pensais pas, lorsque j'étudiais les livres de mon ancien maître, qu'un jour ils me vaudraient un tel honneur.

— Que contient cette boîte? dit le sultan en montrant la mine d'étain : je ne me souviens pas qu'elle ait été ouverte en ma présence.

Je répondis qu'elle n'avait pas été ouverte parce que je craignais qu'elle ne renfermât rien qui fût digne de lui être montré.

Il me commanda de l'ouvrir; et, à ma grande surprise, il sembla se complaire à la regarder.

Il toucha chaque partie, fit jouer les ressorts des poupées, m'adressa une foule de questions sur nos mines d'étain.

J'étais dans le plus grand étonnement, persuadé qu'il regardait les objets de commerce comme indignes de la préoccupation d'un sultan.

Je ne pouvais concevoir l'intérêt qu'il y prenait; mais son fils me l'expliqua en disant que, dans leurs domaines, ils avaient plusieurs mines d'étain, qui, si elles étaient bien exploitées, produiraient à son avis un revenu considérable au trésor royal, mais qui, aujourd'hui, soit par négligence ou tromperie donnaient plus de perte que de profit.

Il me demanda comment j'étais devenu possesseur de cette mine. Son interprète lui dit que je l'avais faite moi-même. Il fallut lui répéter deux fois la demande et la réponse, avant qu'il crut avoir bien compris.

Il me demanda ensuite où je m'étais familiarisé avec les travaux des mineurs? En un mot, il m'ordonna de lui raconter mon histoire.

Je répliquai que c'était une longue histoire, celle d'un obscur individu, indigne de l'attention d'un si grand monarque.

Il parut n'avoir, ce soir-là, autre chose à faire qu'à satisfaire sa curiosité, et mes services ne firent que l'accroître. Il m'ordonna de nouveau de lui raconter les aventures de ma vie passée.

Je le fis avec exactitude. Je fus bien flatté de l'intérêt que le jeune prince prit à ma fuite de la mine et des louanges qu'il donna à ma fidélité.

Le sultan m'écouta d'abord avec curiosité, puis avec incrédulité.

Pour dissiper cette impression, je produisis la lettre de mon bon maître au directeur de la Compagnie des Indes. Elle

donnait un récit circonstancié de l'affaire.
Je la mis entre les mains de l'interprète
qui la traduisit tant bien que mal dans la
langue du Carnate de Malabar, qui était
celle dont le sultan se servait avec moi.

Cette lettre, contresignée par plusieurs
employés de la Compagnie des Indes en
résidence à Madras et dont les noms
étaient bien connus du Sultan, ne manqua
pas de faire sur lui une impression favorable à ma véracité ; de mon savoir, il en
avait déjà une haute idée.

Il s'amusa d'abord à regarder ma mine ;
puis il consulta son fils ; enfin, comme je
le devinai à leurs regards, il me fit dire par
l'interprète, que, si je voulais visiter les
mines de ses Etats pour apprendre à ses
mineurs à travailler à la manière anglaise,
il me donnerait une récompense au-dessus
de mes services, mais en rapport avec la
générosité d'un sultan.

Je me jetai aux pieds du sultan et demandai la grâce du Saheb (page 110)

CHAPITRE IX

MINES ET TÉLÉGRAPHE

Quelques jours me furent donnés pour examiner cette proposition.

Quoique tenté par cette considération que je pourrais réaliser en peu de temps une somme qui me rendrait indépendant pour le reste de mes jours, la connaissance que j'avais du caractère capricieux

et tyrannique de Tippoo me faisait craindre de l'avoir pour maître. Après tout, je
ne voulais rien faire sans la permission
du docteur Bell auquel j'avais immédiatement écrit.

Dans sa réponse, il me dit qu'une telle
occasion de faire fortune ne devait pas
être négligée. Mes espérances l'emportè-
rent sur mes craintes : j'acceptai.

Les présents que l'on m'avait faits et le
salaire qui m'avait été alloué, pendant les
six semaines que j'étais resté auprès du
jeune prince, montaient à la somme
énorme de cinq cents pagodes étoilées et
cinq cents roupies.

Je confiai le tout à un riche marchand
indien nommé Omychund, qui m'avait fait
quelques politesses.

Accompagné de guides, et muni des
pleins pouvoirs du sultan, je partis et me
dévouai sans réserve à une entreprise qui
n'était pas sans difficultés. Il n'existe pas
de pays où les ouvriers tiennent plus à
leurs habitudes que les Indiens de chaque
caste.

J'emportai le pouvoir d'infliger le châti-
ment que je jugerais convenable à ceux

qui me désobéiraient ou qui hésiteraient à
exécuter mes ordres.

Mais, Dieu merci! je ne pouvais me
résoudre à torturer un pauvre esclave ou
le condamner à mort parce qu'il travaillait le minerai d'une manière que je trouvais défectueuse, ou parce qu'il n'était pas
convaincu de la supériorité de nos forges
du Cornouailles.

Du reste, ma modération me servit plus
que ne l'eût fait une extrême violence pour
obtenir l'obéissance du peuple.

Comme, peu à peu, je m'initiais à
la connaissance de leur langue, je leur
devins de plus en plus sympatique et
agréable.

Quelques-uns essayèrent la méthode
proposée par moi et s'en trouvèrent très
bien.

Je leur donnai pour récompense la propriété de la différence des profits résultant
du nouveau mode.

Cette largesse encouragea les autres;
et, avec le temps, je vis accomplir, par la
douceur, ce que j'avais désespéré d'abord
d'obtenir par la force.

Quand les travaux marchèrent bien, je

dépêchai un exprès au sultan, pour le prier d'envoyer une personne de confiance visiter les mines et constater ce qui avait été fait.

De plus, je rappelais que j'avais accompli l'objet des désirs du sultan; et, en conséquence, je priais qu'il lui plût de me rappeler et de me donner un remplaçant pour surveiller et maintenir les mines dans l'état prospère où je les avais mises.

J'offrais aussi, avant de me retirer, d'instruire la personne qui serait choisie pour me remplacer.

Mon exprès, après un long délai, revint avec un ordre de Tippoo de rester où j'étais jusqu'à nouvel ordre.

J'attendis encore trois longs mois; et alors, présumant avec raison que j'étais oublié, je partis pour rafraîchir la mémoire de Tippoo.

Je le trouvai au Fort Devannelli, pensant à toute autre chose qu'à moi et aux mines.

Il était grandement occupé des préparatifs d'une guerre contre les Soubha et autres peuples dont j'ai depuis oublié les noms.

. Toutes ses idées étaient tournées vers la-conquête et la vengeance. Il daigna à peine me regarder, encore moins m'écouter.

Son trésorier me donna à entendre qu'on m'avait déjà donné beaucoup, — à moi qui n'étais qu'un étranger, — que toutes les ressources de Tippoo devaient être réservées pour parer aux éventualités de la guerre et non employées à de futiles objets de commerce.

Ainsi insulté et déçu, privé de la légitime récompense qui m'était due, je ne pus que réfléchir au destin malheureux de ceux qui servent un tyran capricieux. Je me préparai donc à quitter aussitôt que possible la cour de Tippoo.

Le marchand indien, chez qui j'avais placé mes pagodes et mes roupies, promit de me les faire tenir à Madras, et me remit la bague que le sultan m'avait donnée dans un accès de générosité ou d'ostentation.

Le prince, qui ne prenait plus souci de moi, ne s'opposa pas à mon départ.

Je fus obligé, cependant, d'attendre un jour ou deux; les hircarrahs qui m'avaient amené étaient alors occupés à quelque expédition.

Pendant que j'attendais impatiemment leur retour, le prince Abdul-Calie, qui était absent, arriva au fort Devanelli. J'allai prendre congé de lui.

Cet excellent jeune homme me demanda la cause de mon départ.

Dans un langage aussi respectueux et avec autant de délicatesse que je pus le faire en parlant d'un père à son fils, je lui dis la vérité.

Il se tut d'abord et parut abîmé dans ses réflexions. Il me dit enfin :

— Mon père est tellement occupé de ses préparatifs pour la guerre, que je désespère d'être bien entendu de lui sur tout autre sujet. Mais vous avez en votre possession, je m'en souviens maintenant, un objet qui peut lui être de la plus grande utilité, soit dans la guerre, soit dans la paix ; et si vous le désirez, j'en parlerai au sultan qui ne peut manquer de vous rendre ses bonnes grâces.

Je ne compris pas d'abord de quelle machine il voulait parler.

Il ajouta que mon télégraphe portatif

serait, à son avis, très utile à Tippoo pour transmettre ses ordres promptement, à travers les déserts.

Je laissai le prince maître de faire ce qu'il voudrait, et lui adressai mille remerciements pour l'intérêt qu'il prenait à ma cause.

Peu d'heures après cette conversation, je fus appelé en présence du sultan.

Son impatience était extrême de faire l'épreuve du télégraphe; et moi qui, la veille, avais été l'objet du mépris de ses officiers et des seigneurs de sa cour, je devins tout à coup un homme de la plus haute importance.

L'épreuve du télégraphe surpassa mes espérances, et le sultan fut ravi d'admiration.

Je ne dois pas omettre un trait qui montre la violence de son caractère, et qui fait voir comment ce prince passait subitement de la joie à l'emportement.

Un jeune nègre indien, nommé Saheb, avait été chargé de diriger le télégraphe, à une des stations placée à quelque distance du sultan. J'avais eu soin d'apprendre à Saheb ce qu'il devait faire.

7

Faute d'usage, le malheureux commit quelques méprises qui jetèrent Tippoo dans un tel transport de fureur qu'il donna immédiatement des ordres pour faire trancher la tête à Saheb.

Cette sentence aurait été exécutée sur-le-champ, si je n'avais représenté qu'il était utile de lui laisser la tête sur les épaules, tout au moins jusqu'à ce que la réponse eût été donnée par sa station, parce qu'il n'y avait personne, dans le moment, qui pût le remplacer.

Saheb donna sa réponse sans faire de nouvelle bévue ; et, quand l'essai fut terminé, je me jetai aux pieds du sultan et demandai la grâce de Saheb.

On ne pouvait me refuser cette bagatelle, et c'est ainsi que le pauvre nègre fut sauvé.

Un ordre fut donné au trésorier de me délivrer cinq cents pagodes étoilées pour tous les services que j'avais rendus aux mines royales.

Je présentai moi-même au Sultan le télégraphe portatif, objet de ses désirs les plus ardents. Il me dit :

— Demandez-moi quelque faveur que ce

soit : si elle est au pouvoir de Tippoo, vous l'obtiendrez.

Je pensais que ces paroles pouvaient bien n'être qu'une exagération si commune au langage oriental. Néanmoins, je resolus de courir les chances d'un refus.

Je ne demandai pas une province, quoiqu'il fût au pouvoir du sultan Tippoo de me la donner ; mais j'avais grande envie de voir les mines de diamants de Golconde dont j'avais tant entendu parler en Europe et dans l'Inde.

Je demandai donc au sultan la permission de visiter celles qui lui appartenaient.

Il hésita d'abord ; mais après avoir dit quelques mots à l'oreille de l'officier qui était auprès de lui, il me fit dire, par l'interprète, que ma demande était agréée.

Nous trouvâmes un diamant au-dessus du poids exigé (page 125)

CHAPITRE X

LES MINES DE GOLCONDE

En conséquence, après avoir mis mes pagodes avec les autres, entre les mains d'Omychund le marchand indien, — qui était un homme de grandes richesses et de grand crédit, — je partis en compagnie de marchands de diamants qui allaient à Golconde. J'allais enfin voir ces mines incomparables. Ma curiosité fut, en effet, pleinement satisfaite par la visite qui me fut permise. Je voulais, à mon retour en Europe, en donner une description détaillée. Pour le moment, je vous en fais grâce, et je me contente de poursuivre mon récit.

Les marchands de diamants, avec qui je voyageais, avaient grand nombre d'affaires à régler en différents lieux, ce qui causait des lenteurs à peine supportables pour moi. Maintenant que j'avais contenté ma curiosité, j'étais impatient de retourner à Madras avec mon petit trésor et de le mettre en sûreté.

Je n'avais jamais touché au salaire de cinq ans qui m'était dû par la Compagnie ; mais, je l'avais mis dans le commerce à Madras, et il me rapportait jusqu'à douze pour cent.

Si vous avez quelque teinture de la pratique des affaires et du calcul des intérêts, vous pouvez voir que j'étais en bonne voie pour devenir riche.

En Angleterre, où l'intérêt légal est de cinq pour cent, le capital est doublé dans une période de treize ou quatorze ans, de

sorte que cent livres placées à l'intéret lé-
'gal, valent au bout de quatorze ans, la
somme de deux cents livres. Mais peu de
gens ont la sagesse et la patience de faire
un tel usage de leur argent.

Quant à moi, j'étais bien résolu à ne pas
dépenser mon argent, et je calculais qu'au
bout de sept ans, j'aurais amassé un
capital suffisant pour me maintenir le
reste de mes jours dans une honnête ai-
sance.

Plein de ces espérances et de ces calculs,
je poursuivais tranquillement ma route
avec mes compagnons les marchands de
diamants.

Arrivé au Fort Devanelli, j'appris que
les Soubha, avec qui le sultan avait été en
guerre, avaient perdu leur territoire et
qu'ils avaient apaisé la colère et le ressen-
timent de Tippoo par leur soumission et
leurs présents.

Que l'on fût en paix ou en guerre, peu
m'importait : je ne pensais qu'à mes propres affaires, et je me rendis immédiatement chez Omychund mon banquier pour
les régler au plus tôt.

J'avais emporté avec moi aux mines,

la belle bague que je devais à la muni-
ficence du sultan, et je l'avais comparée
aux autres. J'avais appris alors qu'elle va-
lait le triple de ce que l'on m'en avait
offert.

Omychund me félicita de cette découverte, et nous étions à régler nos comptes,
quand survint un officier, qui demanda si
je n'étais pas le jeune anglais qui avait
visité les mines de Golconde; il me pria
de me rendre immédiatement en présence
du sultan.

Je fus effrayé, je l'avoue.

Je pensai que, peut-être, j'étais soup-
çonné d'avoir dérobé quelques diamants.

Cependant, j'accompagnai l'officier sans
hésiter : j'étais sûr de mon innocence et
ma conduite était certainement à l'abri de
tout soupçon.

Contrairement à mon attente, le sultan
Tippoo me reçut avec un visage souriant.

Il me montra l'officier qui m'accom-
pagnait, et me demanda si je me souvenais de l'avoir vu auparavant ou de l'avoir
rencontré quelque part.

— Non, lui répondis-je.

Le sultan alors m'apprit que cet officier,

chargé de me surveiller, faisait partie de
sa garde et qu'il m'avait suivi déguisé dans
ma visite à Golconde.

Il ajouta qu'il avait rendu un compte
satisfaisant de ma conduite et de ma probité. Il fit un signe, et tous ceux qui
étaient présents se retirèrent.

Il me dit alors d'approcher; et, après
m'avoir fait de grands éloges sur mon
habileté, il m'expliqua qu'il aurait encore
besoin de mes services et que si je le ser-
vais avec fidélité, — comme je l'avais fait
jusqu'alors — je n'aurais aucune raison,
à mon retour en Angleterre, de me plain-
dre de sa générosité.

Toutes ses pensées de guerre, comme il
me l'apprit, s'étaient évanouies de son
esprit; il aurait donc le loisir de songer à
d'autres projets. Il voulait s'enrichir, et il
avait résolu de réformer certains abus
qui avaient jusqu'alors appauvri le trésor
royal.

Je ne savais où tendait ce préambule.

Enfin, après avoir exagéré l'emphase du
langage oriental, il termina en me disant
qu'il avait quelques raisons de se croire
grandement dupé dans l'exploitation des

mines de Golconde, qu'elles avaient été
affermées par lui au rahmin Feulinga,
que ce dernier avait fait avec ceux qui
s'aventuraient dans les mines les arran-
gements suivants :

« Toutes les pierres d'un poids inférieur
à une pagode appartenaient aux ouvriers,
celles au-dessus de ce poids devaient lui
être remises pour le sultan. »

Mais il présumait que cet arrangement
n'avait jamais été tenu fidèlement par aucune des parties.

Les esclaves dupaient les marchands ;
les marchands dupaient le brahmin Feulinga ; celui-ci à son tour trompait sans
scrupule le sultan.

De plus, Tippoo m'assura que souvent
il avait acheté, des marchands de diamants, des pierres beaucoup plus grosses
et d'une eau plus belle que celles qu'il re-
tirait de ses propres mines ; et, qu'il avait
été plusieurs fois obligé de récompenser
les marchands par de riches vêtements ou
de beaux chevaux pour engager les autres
à lui vendre leurs diamants.

Pendant que Tippoo me disait tout cela,
je ne pouvais que remarquer l'animation

de ses regards et de sa voix, ce qui m'indiquait à quel degré de force la passion des diamants s'était emparée de son esprit.

J'aurais dû alors faire de sages réflexions. Mais, a-t-on le temps de faire de sages réflexions quand on est en présence d'un grand prince aussi puissant et aussi despote que l'était Tippoo?

Le service qu'il me demandait était des plus dangereux.

Il ne s'agissait de rien moins que de visiter secrètement les mines pendant la nuit, de chercher les petites citernes où les ouvriers cachaient les diamants dans le sable ou la terre rouge, d'y descendre et tout enlever.

Je n'approuvai pas cette entreprise. Outre qu'elle m'exposait à un péril imminent, il était contraire à mes principes de devenir un espion.

Je le dis au sultan qui n'ajouta pas foi à ce motif. Il attribua ma répugnance à la crainte, et me dit qu'il prendrait toutes les mesures nécessaires à ma sûreté, et que, lorsque j'aurais exécuté cette com-

mission, il m'enverrait sous bonne garde
à Madras.

Comme je persistais à refuser cette
affaire, je vis que son front se couvrait d'un
sombre nuage.

Mais je trouvai heureusement un moyen
d'éviter les effets de sa colère, tout en sau-
vegardant mes principes d'honnêteté

Je lui représentai que la saisie des diamants, dans les citernes, — bien qu'elle
lui apportât des preuves convaincantes
de l'improbité des esclaves et des marchands, bien qu'il pût prendre des mesures
efficaces pour se garantir de toute fraude
de leur part, — ne serait pas pour lui une
source de richesses aussi grande que ce
que je pouvais lui proposer.

Son avarice lui fit prêter attention, et il
m'engagea vivement à continuer.

Alors, je lui dis qu'une de ces plus riches
mines de diamants avait été abandonnée
depuis longtemps, que les ouvriers avaient
creusé jusqu'à ce qu'ils trouvassent de
l'eau et qu'ils avaient été obligés de se retirer faute des machines connues en Europe.

Mais moi — qui avais observé qu'il y

avait au pied de la montagne un torrent rapide sur lequel on pouvait élever un moulin à eau, — je lui offrais de remettre la mine en exploitation et de leur rendre sa valeur primitive.

Cette proposition plut au sultan.

Mais, comme j'avais remarqué que son humeur changeait facilement, et que je me rappelais la manière dont il m'avait reçu à mon retour de la mine d'étain, je lui représentai que cette entreprise occasionnerait de grandes dépenses, et qu'il était donc nécessaire qu'il m'avançât une année de salaire avant mon départ pour Golconde.

Je le prévins, en outre, que si les autres payements ne m'étaient pas faits régulièrement, je prendrais la liberté de tout abandonner et de retourner à Madras.

Ce fut en présence du prince Abdul-Calie que le sultan approuva mes paroles et me donna plein pouvoir d'employer ses ouvriers.

Je ne vous retiendrai pas par le récit de toutes les difficultés, de tous les délais, de tous les désappointements que j'éprouvai, quelques pénibles qu'ils m'aient été.

Mes relations furent peu agréables avec ceux qui n'avaient pas de mines à égoutter.

Je vous dirai seulement qu'enfin mes machines marchèrent parfaitement, et fonctionnèrent si bien que les ouvriers purent ouvrir des veines nouvelles et très profitables.

Durant tout ce temps, — renfermant une période de trois ans, — mon salaire fut exactement payé au marchand indien Omychund, entre les mains duquel je laissai tout mon argent, et qui m'avait promis de le faire valoir aussi bien et plus avantageusement qu'à Madras.

Je prenais seulement quelques sommes de peu de valeur qui m'étaient absolument nécessaires, car j'avais résolu de vivre avec la plus stricte économie pour pouvoir, plus tard, revenir dans mon pays vivre dans l'abondance.

Ici, je m'arrête pour m'applaudir et me réjouir dans le fond de mon cœur, de ce que je n'ai pas abusé du pouvoir qui m'était confié.

La condition des pauvres esclaves em-

ployés par moi était enviée par beaucoup
d'autres.

J'avais eu raison de croire que l'état le
plus abject et le plus misérable peut se relever par les bons traitements, jusqu'à
éprouver l'affection et la reconnaissance.

Ces esclaves me devinrent si dévoués
que, quoique le gouverneur des mines et
certains marchands de diamants eussent
formé le projet de se défaire de moi, ils ne
purent jamais l'exécuter.

Je ne fus informé que plus tard de ce
danger, par ces fidèles esclaves eux-mêmes, et je fus étonné de la prudence et de
la sagacité qu'ils avaient déployées dans
cette circonstance.

Une vie ainsi remplie de crainte et de
dangers n'avait rien de bien attrayant.
Toutefois, mon influence tendait toujours,
mais dans une faible mesure, à rendre les
autres heureux.

Je pouvais, pour un peu de temps, adoucir les souffrances de ces esclaves. Mais
tant qu'ils seraient exposés a voir leurs
frères et eux-mêmes traités comme des
choses propriétés de l'homme, par les maî-
tres rapaces pour qui ils travaillaient, on

ne pouvait guère espérer leur régération.

Ces pauvres malheureux étaient le plus souvent nus.

Ils n'osaient pas porter de vêtements, de peur que le gouverneur ne dît qu'ayant gagné beaucoup, ils étaient devenus riches et n'augmentât ses exigences vis-à-vis d'eux.

Aussi, quand ils trouvaient quelque riche pierre, ils la cachaient jusqu'à ce qu'ils trouvassent l'occasion favorable de s'en défaire.

Alors, avec femme et enfants, ils prenaient la fuite et se retiraient dans le royaume de Visapour, où ils trouvaient plus de sécurité et de bons traitements.

Mon cœur saignait à la vue de tant de misère.

Si je n'avais eu l'espoir d'intervenir auprès du sultan pour adoucir leur condition, — en lui faisant voir combien il y gagnerait, — je ne serais pas resté plus longtemps aux mines.

Souvent Tippoo m'avait promis que le premier diamant de vingt pagodes que je lui apporterais serait récompensé par la faveur quelle qu'elle fût que je lui deman-

derais, en faveur des esclaves soumis à
mon autorité.

Je leur fis part de cette promesse qui
releva leur courage.

Enfin, nous fûmes assez heureux pour
trouver un diamant au-dessus du poids
exigé.

C'est une large pierre, d'une belle couleur pâle rose, et excessivement dure.

Je suis sûr que la vue de ce diamant —
si connu sous le nom de *Pitt*, — ne donna
jamais à son possesseur une joie égale à
celle que j'éprouvai quand il me fut remis.

Je le regardais comme gage certain de
bien des félicités, non seulement pour moi,
mais pour la foule des pauvres créatures
qui m'entouraient et auxquelles je m'étais
de plus en plus attaché.

Nous courûmes toute la nuit sans nous reposer (page 137)

CHAPITRE XI

CAPTIVITÉ ET DÉLIVRANCE

Je partis immédiatement pour la cour de Tippoo. La soirée était trop avancée quand j'arrivai et je ne pus voir le sultan.

Je me rendis chez Omychund, le marchand indien. Il me reçut à bras ouverts, me dit qu'il avait gagné beaucoup avec mes pagodes et mes roupies et qu'il était

prêt à me rendre ses comptes tant sur le
capital que sur les bénéfices. Enfin, il me
donna une traite sur un marchand anglais
établi à Madras et que je connaissais bien.

Tout étant bien réglé à mon entière satisfaction, je lui racontai ce qui m'amenait
à la cour de Tippoo et lui montrai le diamant rose.

À cette vue, ses yeux se dilatèrent par
l'avarice et la cupidité.

— Confiez-moi, dit-il, ce diamant, je
connais Tippoo mieux que vous. Il n'ac-
cordera pas aux esclaves les priviléges que
vous réclamez. Et, après tout, quel intérêt prenez-vous à eux? Ils sont habitués
à la vie qu'ils mènent : ils ne sont pas Eu-
ropéens. Pourquoi vous intéresser à eux?
Une fois dans votre pays, vous ne vous en
soucierez plus. Vous ne penserez qu'à
jouir des richesses que vous aurez rap-
portées de l'Inde. Confiez-moi ce diamant,
et partez cette nuit pour Madras. J'ai un
esclave qui connaît parfaitement la route
du pays. Vous ne courez pas risque d'être
poursuivi, car le sultan vous croit encore
à Golconde. Personne que moi ne peut lui
dire la vérité, et vous devez voir, — à l'avis

que je vous donne, — que je suis véritablement votre ami.

En finissant, il frappa des mains pour
appeler un de ses esclaves et lui donner,
disait-il, des ordres pour ma fuite. Il me
regarda avec incrédulité et surprise quand
je lui dis que cette fuite était loin de ma
pensée et que j'avais l'intention de donner
au sultan le diamant qui lui appartenait.

Voyant que je parlais sérieusement,
Omychund changea subitement; et, sur
le ton de la plaisanterie, il me demanda si
j'avais pu croire que sa proposition fût
sérieuse. Je restai en doute si elle l'était
ou non ; et à tout hasard, je lui promis de
n'en rien dire au sultan.

Le jour suivant, dès que je le pus, je me
présentai devant Tippoo. Il me tira de la
foule et m'introduisit dans l'appartement
du prince Abdul-Calie.

Je procédai avec prudence. Tippoo était
impatient d'entendre parler de la mine de
diamants. Souvent il interrompit le récit
de ce qui avait été fait, pour me demander
si nous avions trouvé de nouveaux diamants.

J'en montrai d'abord un violet que j'a-

vais réservé pour l'offrir au prince Abul-
Calie. C'était une belle pierre, mais peu
digne d'entrer en comparaison avec notre
diamant rose. Tippoo l'admira si bien que
je crus qu'il voulait se l'approprier avec
celui qui lui était destiné.

Avant de lui montrer, — en lui parlant du
poids de celui du prince, — je lui rappelai
la promesse qu'il m'avait faite en faveur
des esclaves.

C'est vrai, dit-il, mais il s'agit d'un diamant de vingt pagodes, quand vous m'en
aurez apporté un de cette valeur, vous
obtiendrez tout ce que vous demandez.

Je montrai aussitôt le diamant rose; je
le pesai; et, comme le plateau où il était
descendait, Tippoo laissa échapper une
exclamation de joie. Je saisis le moment
favorable et me jetai à ses pieds. Il inclina
la tête et me fit relever en me disant que
ma demande était agréée, quoiqu'il ne
comprît pas pourquoi je m'intéressai à de
vils esclaves.

Le prince Abdul-Calie ne parut pas de
cet avis ; il me jeta un regard de bienveillance. Et comme son père était absorbé
dans la contemplation de son diamant rose

qu'il pesa et repesa cent fois, le généreux
prince me donna ce diamant violet que je
lui avais offert. C'était un don de prince
fait d'une manière princière.

Le secrétaire de Tippoo me donna l'ordre
nécessaire pour le gouverneur des mines.
Cet ordre portait qu'une partie des bénéfices devait, — par la volonté du sultan, —
être attribuée à chaque esclave pour son
travail et que ceux qui avaient été employés par moi recevraient la liberté en
récompense de leur bonne conduite.

Grand nombre de petites vexations devaient en outre être abolies. Ils pourraient
acquérir la propriété des terres, des habits, etc.

Je fus le plus heureux des hommes
quand je vis apposer le seing du sultan
sur ce papier : je bondis de joie quand il me
fut remis. Je résolus d'être moi-même le
messager de ces bonnes nouvelles.

Quoique mon passeport fût prêt pour
Madras, et que deux hircarrahs fussent,
par ordre du sultan, disposés à m'accompagner, je ne pus me refuser le plaisir de
jouir de la joie des esclaves au changement de leur condition.

Je considérais comme la plus belle heure de ma vie de revenir à Golconde porter le bonheur. Je n'oublierai jamais la scène dont je fus témoin. Jamais ne s'effaceront de mon souvenir les expressions de joie et de reconnaissance que laissèrent échapper les lèvres noires de ces pauvres créatures, qui, quoique nous en disions, ont autant et peut-être plus de sensibilité que nous-mêmes.

Le matin qui suivit mon arrivée, je ne fus pas plus tôt éveillé que j'entendis sous ma fenêtre des chants où mon nom revenait à chaque instant.

Ils me reçurent avec de grands élans de joie quand je parus au milieu d'eux. Ils m'entourèrent et me pressèrent d'accepter de faibles marques de leur gratitude et de leur amitié.

Je n'eus pas le cœur de refuser. Ces vrais enfants, par leurs caresses, semblaient m'engager à accepter ces petits présents. J'avais l'intention, en revenant en Europe, de vous les donner, — à vous mon bon maître — comme la plus précieuse offrande que je pusse faire à vos généreux sentiments.

Ce jour-là se passa en réjouissances. Tous les esclaves qui avaient travaillé sous mes ordres avaient conservé quelques étoffes de coton dont ils avaient fait des vêtements de couleur et des mouchoirs de tête pour eux et leurs femmes.

Maintenant, ils n'avaient plus la crainte d'être volés ou persécutés par le gouverneur. Ils s'aventuraient à paraître en plein air.

Ces cotons du Malabar étaient peints de couleurs remarquables par leur beauté et leur vivacité. Aussi quand les esclaves apparurent drapés dans ces étoffes, ce fut pour moi un spectacle ravissant. Ils se mirent à danser avec une animation dont je n'avais pas eu l'idée jusqu'alors.

Je me tenais à l'ombre d'un large bannanier, pour jouir de la beauté du coup d'œil, quand soudain je reçus par derrière, sur la tête, un coup violent qui m'étourdit. Je tombai à terre ; et, quand je repris mes sens, je me trouvai entre les mains de quatre soldats armés. Avec eux était un nègre qui me retira mon anneau du doigt.

Ils m'entraînèrent, au milieu des cris et

8

des lamentations des esclaves qui nous
suivaient.

— Arrêtez! vous criez inutilement, dit
un des soldats à la foule consternée, ceci
se fait par ordre du sultan : c'est ainsi qu'il
punit les traîtres.

Sans plus d'explication, je fus plongé
dans un donjon appartenant au gouverneur des mines. Il était là et montrait une
joie insultante de me voir enchaîner à une
énorme pierre, dans mon horrible prison.

Je savais qu'il était mon ennemi Mais
quel fut mon étonnement lorsque, dans la
tenue du nègre qui rivait et consolidait
mes fers en m'insultant, je reconnus ce
même Saheb à qui j'avais sauvé la vie. A
toutes mes questions, il ne répondit que
ces mots ;

— C'est la volonté du sultan; ou, c'est
ainsi que le sultan puni les traîtres.

La porte de mon donjon se renferma et
fut verrouillée. Je restai seul, dans une
obscurité profonde.

— C'est donc là, pensais-je, la récompense de mes fidèles services !

Je regrettai alors amèrement de ne pas
me trouver dans mon pays, où personne, —

sur le caprice d'un sultan, — ne peut-être plongé dans un donjon sans connaître son crime et ses accusateurs.

Je ne puis vous dépeindre ce que j'éprouvai, en ce moment le plus infortuné de ma vie.

Affaibli enfin par le manque de nourriture, je m'étendis autant que mes chaînes le permirent, et je m'arrangeai pour dormir.

Je tombai dans un état d'insensibilité où je restai plusieurs heures.

Il était minuit quand je fus réveillé par le bruit de la porte de ma prison que l'on ouvrait. C'était le nègre Saheb qui entrait, une torche dans une main et un peu de nourriture dans l'autre. Je le regardai avec mépris pour lui reprocher son ingratitude. Il se jeta à mes pieds et éclata en sanglots.

— Est-il possible, s'écria-t-il, que vous ne connaissiez pas le cœur de Saheb ! vous m'avez sauvé la vie, je viens sauver la vôtre. Mangez, maître, continua-t-il, mangez pendant que je parle. Nous n'avons pas de temps à perdre. Le soleil de demain ne doit pas nous retrouver ici. Vous ne pourrez supporter la fatigue si vous ne prenez quelque nourriture.

Je cédai à ses instances ; et, pendant que je mangeai, Saheb m'apprit que mon emprisonnement était dû à la trahison du marchand indien Omychund ; qui, dans l'espoir, je le suppose, de posséder tranquillement les richesses que je lui avais confiées, était venu trouver le sultan et m'avait accusé d'avoir dérobé secrètement certains diamants de grande valeur qu'il prétendait lui avoir été montrés par moi.

A cette nouvelle, Tippoo était entré en fureur et avait immédiatement donné ordre à quatre hircarrahs de courir à ma recherche, de se saisir de moi, de m'emprisonner et de me torturer jusqu'à ce que j'eusse avoué où j'avais caché les diamants.

Saheb était dans l'appartement du sultan quand cet ordre avait été donné. Il avait de suite couru trouver le prince Abdul-Calie — qu'il savait être un de mes amis — et lui avait appris ce qui venait d'arriver.

Le prince envoya chercher Omychund ; et, après l'avoir questionné adroitement, il se convainquit par ses réponses contra-

dictoires et sa confusion que son accusa-
tion était sans fondement. Il le renvoya,
sans toutefois lui laisser voir ses impres-
sions, et envoya Saheb chercher les quatre
soldats qui s'étaient déjà mis à ma pour-
suite.

En leur présence, il ordonna tout haut
à Saheb de se charger de moi quand je
serais pris, mais il le chargea secrètement de favoriser ma fuite.

Les soldats pensèrent qu'en obéissant
au prince, ils obéissaient au sultan. En
conséquence, quand je fus pris et enfermé
dans mon donjon, les clefs furent remises
à Saheb.

Quand il eût fini de raconter, il me ren-
dit ma bague qu'il avait, disait-il, ôtée de
mon doigt de peur qu'elle ne fût volée par
le gouverneur ou quelqu'un des soldats.

Le reconnaissant Saheb rompit mes
chaînes. Mon anxiété pour ma fuite était
égale à la sienne.

Il s'empara promptement des chevaux
légers appartenant aux soldats, et nous
courûmes toute la nuit sans nous reposer.
Il connaissait bien le pays, ayant accompagné le sultan dans plusieurs expédi-

tions. Quand il pensa que nous étions hors de toute atteinte, Saheb me permit de m'arrêter. Mais je ne fus tranquille que lorsque je me vis hors des états de Tippoo et en sûreté à Madras.

Le docteur Bell me reçut avec cordialité; il écouta mon histoire et me félicita sur mon évasion.

J'étais riche au-delà de mes espérances. J'avais conservé dans ma poche la traite d'Omychund sur le marchand anglais. Toute la somme me fut payée. Je vendis ma bague au gouverneur de Madras, plus encore que je n'espérais.

J'eus la satisfaction d'apprendre, avant de quitter Madras, que la trahison d'Omychund avait été dévoilée au sultan par le prince Abdul-Calie, dont la mémoire m'est encore chère.

Pour Tippoo, on l'avait souvent entendu, à ce qu'on m'assura, parler de moi et regretter de ne pouvoir rappeler à son service un anglais si honnête.

Je fut prompt à récompenser Saheb; mais il refusa constamment l'argent que je lui offrais. Il me dit qu'il ne voulait pas être payé pour avoir sauvé la vie de celui qui avait sauvé la sienne. Il m'exprima un vif désir de m'accompagner dans mon pays, dès qu'il eût appris que nous n'avions pas d'esclaves et que, d'apres nos lois, un esclave devient libre dès qu'il touche le rivage anglais.

Il me pressa si vivement de le prendre à à mon service qué je ne pus refuser. Ainsi il est venu avec moi en Europe.

Aussitôt que les vents enflèrent les voiles de notre vaisseau, je me réjouis de ce qu'ils n'étaient pas chargés des malédictions de ceux que j'avais connus. Je suis ici, Dieu soit loué! une fois encore dans la libre et heureuse Angleterre, avec une grande fortune, des mains honnêtes, une conscience pure.

Je ne suis pas indigne de me présenter à mon bon et premier maître dont l'humanité et la générosité furent la cause de.....

* * *

Ici M. R*** interrompit ses propres louanges en disant à ceux qui ne s'étaient pas laissés aller au sommeil :

— Mes bons amis, vous connaissez maintenant la cause du toast que nous avons tous porté après dîner. Portons-le de nouveau, avant de nous séparer. Bien-venu soit parmi nous notre ami M. Gervais, et puisse la fidélité être toujours récompensée par une grande fortune !

FIN.

TABLE

TABLE

FIN DE LA TABLE.

Limoges. — Imp. Eugène Ardant et Cie

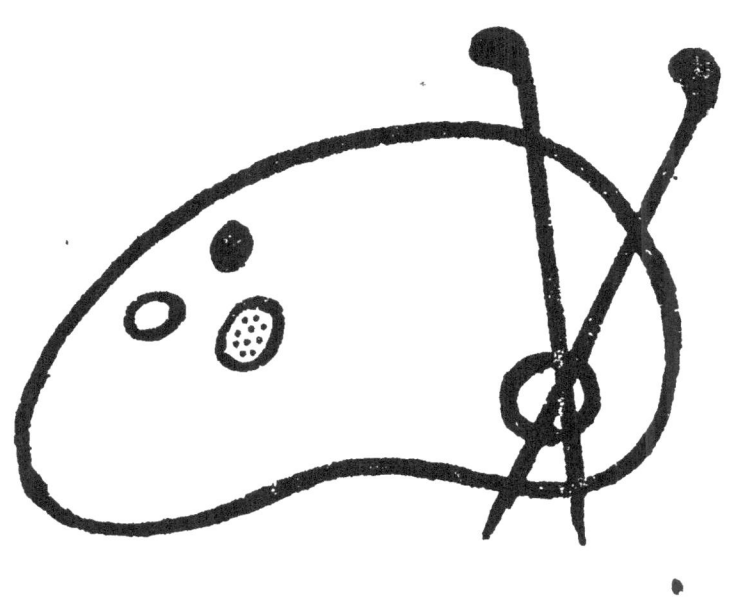

Original en couleur

NF Z 43-120-8